文庫

黒猫／モルグ街の殺人　他6編

ポー

小川高義訳

kobunsha classics

光文社

Title : THE BLACK CAT/
THE MURDERS IN THE RUE MORGUE
Author : Edgar Allan Poe

『黒猫／モルグ街の殺人』目次

黒猫／モルグ街の殺人

黒猫

まったく常軌を逸していながら、いつもの暮らしに生じたという話を、いま書き残そうとしている。信じてもらえることはあるまい。信じてくれとも言わない。こんなものが信用されると思ったら、思う私がどうかしている。まさか現実であったとは、当事者たる私の感覚でもおかしいのだ。いや、私自身はおかしくない。夢を見ているはずもない。ただ、あすになれば死ぬ身として、きょうのうちに魂の重荷をなくしておきたい。ともかくも、ありのままに、よけいなことは言わずに、事の次第を語ろう。つまらない日常の出来事だ。そういうものの成り行きが、私の恐怖になり、責苦になり、破滅になった。だが、ことさら言い立てるつもりはない。私には恐怖でしかなかったが、普通に考えれば、恐ろしいというより荒唐無稽であるだろう。いずれの日か、ある鋭利な知性の持ち主が現れて、私が見たものなど幻影にすぎなかったと解き明かすかもしれない。はるかに冷静沈着な論理をたどり、私が畏《おそ》れ入って語るだけの状況が、じつは原因と結果が連鎖しただけの当然だったと見破るのではなかろうか。

　幼い頃の私は、おとなしい子、優しい子と思われていた。むしろ気の弱さが目立ってしまい、よく仲間にからかわれたものである。とくに動物好きだったので、親がさまざまなペットを買いあたえてくれた。そういうものが遊び相手になった。餌をやって可愛がるのが何よりも楽しかった。こんな性癖が強まっていき、長じてからは、ほとんど快楽の源泉にもなっていた。だが、たとえば忠実で聡明な愛犬と暮らしたことがあるならば、ここで言う喜ばしさがいかばかりか、もはや説明は不要だろう。ひたすら従順になついてくる態度は格別だ。人間の友情や忠誠心がどれだけ薄っぺらなものか思い知らされていると、動物が見せる無私の愛は、まっすぐ心に届いてくる。

　私は若くして妻を迎えた。この妻も私と似たような気質だったのは幸福だ。私がペットを可愛がると知って、妻は親しみやすい小動物を手に入れるように心がけた。わが家には鳥がいて、金魚がいて、しっかりした犬がいて、ウサギがいて、小さい猿がいた。そして猫がいた。

　じつに大きい。みごとな猫だ。全身が黒かった。びっくりするほど賢い。知恵のある猫だという話になると、もともと迷信深いところのあった妻は、さる古来の俗説を持ち出すのだった。黒猫は魔女が変身した姿だという。もちろん真顔で言われたわけではない。そんな妻とのやり取りを、ふと思い出したから、ついでに述べただけのこと。

プルートーという名前の雄猫は、私とすっかり仲良しになった。私だけが餌をやる。家中どこへでもついて来る。外出時には追いかけてこさせまいとするのに苦労した。

そうやって私と猫が親しんだ何年かが過ぎた。だが、その間に、私の人格が——飲酒という魔力によって——劣悪な方向へ激変したのだと、恥を忍んで、打ち明けよう。一日ごとにひどくなる。暗くなり、怒りっぽくなり、ひとの気持ちを考えない。妻にさえも雑言を浴びせるようになった。ついには暴力を振るった。私が変わったことは、当然ながら、飼っている動物にも伝わった。ただ素っ気ないというばかりか、いじめたこともある。プルートーにだけは、むやみに手を出しかねていた。ほかの動物にはおかまいなしだ。ウサギでも、猿でも、また犬であっても、偶然であれ愛情表現であれ、もし近づいてこようものなら、平気で手荒にあつかった。だが私の病気は悪化する一方で——アルコールほどの病魔があろうか——ついにはプルートーでさえも、そろそろ老猫として気むずかしくなりかけていたのではあるが、やはり私の意地悪さを知ることになった。

ある晩、したたかに酔った私が行きつけの店から帰ると、この猫が私を避けているように思えた。とっつかまえたら、その勢いに怯えたのか、私の手を嚙んで、わずかな傷をつけた。私は魔性の怒りに狂った。われを忘れた。本来の魂が肉体を離れて飛び去ったようだ。悪鬼にもまさる邪念が、酒の力を得て、五体に張りつめた。私はチョッキのポケットにあったペンナイフの刃を開くと、猫の喉頸《のどくび》を押さえつけ、目玉を一つ、ざっくりとえぐり取ってやった！　何たる残虐。こうして筆にしていると、顔から火の出そうな恥ずかしさに震える。

朝になって理性が戻った。一晩眠ったあとで、見境もなく飲んでいた前夜の酒気も失せた。そうなると、犯してしまった罪悪に、恐怖と悔恨の相半ばする思いがあった。だが、どうせ薄弱なものだ。痛恨とは言えない。ふたたび私は酒びたりの度を超えて、あんな行為は酒に忘れていった。

猫は、少しずつ傷が癒えていった。もちろん片目をえぐられた顔はすさまじいものだが、痛みはおさまったようだ。いつものように歩きまわっている。私が近づけばすっ飛んで逃げるようになったのは、無理もなかろう。私とて昔の心が残っていなかったわけではない。あれだけ私になついていた動物に、あからさまに嫌われるのだから、つらい思いをしたのは確かである。だが、それも間もなく、腹立たしいだけに変わった。さらに来るべきものが来た。私を転落させる最後の一押しだったろうか。ひねくれた天《あま》の邪鬼《じゃく》の精神だ。これが哲学の論点になることはなさそうだが、じつは人間の心理にそなわった原始の衝動であると断言する。私にも魂がある、という以上に確実だ。人類のあり方を決める精神機能の根幹なのであって、けしからん行為、おろかしい行為は、百遍でも繰り返してしまう。そうでない人間がいるだろうか。してはいけないと思うからそうしているだけなので、ほかに理由はない。法として定められたことを、法であると承知しているくせに、だからこそ破りたくなる性向があって直らないのではないか。そんな邪鬼《じゃき》のようなものが私にもやって来て、転落が決まった。魂がわざわざ葛藤を求めたがり、みずからの本性を踏みにじり、悪くなるために悪いことをしたいという得体の知れない願望があって、私は行いを改めることもなく、何の罪科もない動物に被害をもたらす総仕上げをしたのだった。

ある朝、まったく故意に、猫の首に縄をかけて木の枝に吊した。私は頬に涙を流し、つくづく非道だと思いながら猫を吊した。私になついていた猫だから、私に悪さをしなかった猫だから、これで私が罪を犯すことになるから、私は猫を吊した。とんでもない罪だ。もう私ごときの魂は、慈しみ深くも恐ろしき神の、その無限の慈しみさえも届かないところに——というようなことがあるのなら——追い出されそうになっていた。

この蛮行があった日の夜、火事だと叫ぶ声があって目が覚めた。ベッドのカーテンが燃えている。いや、すっかり火がまわっている。妻および使用人とともに命からがら逃げ出した。全焼だ。財産はすべて猛火に呑み込まれ、私の気力は尽き果てた。

といって、猫を殺したから災難にあったというような、因果律でものを考える弱い人間ではない。連鎖した出来事を一つずつ述べているので、どの鎖の輪も飛ばしたくないだけだ。火事のあった翌日、焼け跡を見に行った。あらかた崩れ落ちた現場に、ある一箇所だけ、小部屋の壁が残っていた。さほどに厚くはない壁が、家の中央付近に立っている。ベッドの上端を押しつけていた壁だ。漆喰に防火作用があったらしい。上塗りが新しかったせいだろう。この壁に人が群がって、多くの目が壁の一部をしげしげと見ているようだった。不思議だ、めずらしい、などと言い合っているので、はて何事だろうかと思った。近づいてみれば、白地に凹凸をつけたように、ひどく大きな猫の姿が浮いていた。よくもまあ、そっくりな形に出たものだ。首に縄が巻いてある。

この亡霊を見た瞬間、まさに亡霊としか思われず、私は極度の恐慌に見舞われたのだが、やがて推理という味方が来た。あの猫を吊したのは家屋に隣接した庭だったではないか。火の手が上がって、気づいた人が庭へ集まったことだろう。木にぶら下がっていた猫を切りはずして、開いていた窓から室内へ投げ込んだに違いない。寝ていた私を起こすつもりだったのではなかろうか。ほかの壁が崩れる勢いで、無惨な猫の死骸は塗ったばかりの壁に押しつけられ、石灰質、火炎、および死骸のアンモニアの作用があって、これほどの形象を作り上げたというわけだ。

良心がすっかり安んじたかどうかはともかく、こうして理屈の上ではあっさりと謎解きをしたつもりになっていたのだが、私の心には残像がくっきりと刻まれたままだった。何カ月もの間、猫の幻影を振り払うことができなかった。改悛の情とまでは言わないが、半分そのようなものが心中に去来した。死なせなければよかったと思うことさえないわけではなく、この時分に出入りするようになっていた柄の悪い界隈で、もし似たような猫がいたら二代目にしようかと目を配っていた。

ある晩、だいぶ朦朧《もうろう》とした私が、外聞をはばかる下等な店に腰を据えていると、ふと黒いものに気がついた。大きな樽の上に乗っている。ジンかラムか知らないが、そんな酒樽があるだけで、店という体裁ですらない店だ。しかし、さっきから見ていた樽ではないか。こうなると、いままで気づかなかったのがおかしい。立っていって、その黒いものに手を出した。黒猫だ。じつに大きい。プルートーにも引けを取るまい。どこもかしこもそっくりと言ってよいのだが、一つだけ違うところがあった。プルートーには白い毛など一本もなかったのに、この猫は、ほぼ胸全体が、ぼんやり白っぽくなっている。

私が手をふれたとたんに猫は起き上がって、はっきりした声で鳴き、手にすり寄ってきた。かまってもらえるのがうれしいと見える。こういうものを私はさがしていたのではなかろうか。さっそく店の亭主に売ってくれと持ちかけると、うちの猫ではないと言う。まったく知らない。見たこともない猫だ——。

しばらく撫でたりさすったりしていたが、そろそろ引き上げようと思ったら、この猫がついて来たがる気配なので、好きにさせた。道々、歩きながら腰をかがめて、手を出してやったりもした。まもなく猫は家に居着いていた。妻となじむのも早かった。

ところが私の内部からは、猫を嫌う気持ちが湧いてきた。予想とは正反対だ。どうしたことなのか、猫に好かれるのがわかるだけに、いやでたまらなくなるのだった。

そして、この感覚がじわじわと高じていって、憎らしくてたまらなくなった。だから猫を避けた。どことなく恥じる思いがあり、前回の非道の記憶が歯止めになることもあって、今度の猫には危害を加えまいとしたのだった。しばらくは、殴るなり何なり、猫に暴力を振るうことはなかった。猫への嫌悪が、徐々に徐々に、言語を絶するものになっていくと、もう私はおぞましき猫を見れば、まるで悪疫にかかるまいと逃げるように、その場を離れるだけだった。

もう一つ、猫への憎悪を煽ったと思われることがある。連れ帰った翌朝に気がついた。この猫も、プルートーと同じように、片目がないのだった。だが、そのために、妻はますます猫を可愛がったようだ。妻の心根については、すでに述べた。人間らしい優しさが高度に発達している。かつては私の気質でもあり、そのおかげで純粋無垢な喜びを何度となく味わわせてもらっていた。

しかし、この猫は、私が嫌うほどに、なおさら私に寄りつこうとするのだった。歩こうとする私を追って、どれだけ執拗についてきたか、おわかりいただけないかもしれない。私が坐れば、猫は椅子の下にうずくまるか、私の膝に飛び乗って体をすりつけてくるのだからいとわしい。立とうとすると、足の間にもぐり込まれて、あやうく倒れそうになる。着ている服に長く鋭い爪を立てられ、そのまま胸まで迫られることもあった。殴り殺したいくらいの気分だが、まだ歯止めはかかっていた。あの罪の記憶もあり、また何よりも、と白状してしまうが、猫が恐ろしくて仕方なかったのだ。

この恐ろしさが、はっきりした形をとっていたとは思わない。ただ、そうとでも言わないと、なおさらわからなくなる。たしかに口にするのも恥ずかしいが――こうして重罪犯の獄につながれていながら、いまだに観念しきれないのだが——あり得べくもない怪奇な形象が出たために、猫がもたらす恐怖はいやが上にも高まったのである。あの猫に白い毛がまざっていたことは、すでに述べた。白い部分の形について、妻は二度三度と私に話をしたがった。外見上、私が殺した猫と違っていた唯一の点である。この白い部分は、たしかに大きく広がるとしても、当初はぼんやりしたものだったことを、読者は記憶しておられよう。それが少しずつ、ほとんど不分明な程度に少しずつ、また理屈からすれば幻想でしかないのだと切り捨てたい感情は根強かったが、とうとう輪郭がくっきりと浮かんできた。それが何かということを、いま言おうとして身震いする。ああいう形になったからこそ、あの化け物を忌み嫌い、恐れおののき、もう一切の関係を、できることなら、断ってしまいたいと思ったのではなかったか。あれぞまさしく戦慄の用具。絞首台の形になっていた。身の毛もよだつ、恐怖と罪の装置、苦悶と死の機構！

すでに私の惨めさは人間の限界を超えていた。たかが動物が、その同類を私が縊《くび》り殺したからといって、神に似て造型された人間たる私に、獣の分際で、こうまで耐えがたい苦しみをもたらすのか！　もはや、昼といい夜といい、私には片時も休まることがなかった。昼間は猫がぴたりと寄りついてくる。夜になれば言いようもなく恐ろしい夢に何度も目を覚まし、そのたびに、顔の真上に、あれの熱い息がかかっていて、とんでもない重みが、振りほどけない悪夢の化身となって、心臓の上にずっしりと居坐っていた。

　これだけの責苦にのしかかってこられると、かろうじて残っていた善心は、もろくも潰《つい》えた。邪心だけが私の友になった。どす黒い凶悪な考えにとらわれた。もともと陰気だった心の暗さが悪化して、あらゆるもの、あらゆる人間への憎しみにすり替わった。すでに私は、突如として起こる狂乱を抑えようともしなくなり、おとなしい妻がひたすら我慢する繰り返しになっていた。

　ある日、ちょっとした家事の都合で、私は妻と地下室へ下りた。すでに家計は逼迫《ひっぱく》して、だいぶ古い家へ移ったあとのことである。急階段を下りていると猫もついてきた。あやうく足を踏み外してつんのめりそうになった私は、かっと怒りに燃えた。斧《おの》をつかんで振り上げる。これまでは猫に対する子供じみた恐怖心のために、どうにも手を出しかねていたのだが、もう腹立ちまぎれで容赦はない。もちろん、そのまま振り下ろしていれば、斧の一撃で猫はひとたまりもなかったろう。だが妻の手に邪魔をされた。よけいなことを、と思えば鬼神よりもなおいきり立って、つかまれた腕を振りほどいた私は、妻の脳天へ斧をたたき込んだ。妻は声もなく倒れ、絶命した。

さて、殺してしまえば、その次の仕事がある。じっくりと死体の処理を考えた。外へ捨てに行くのは無理だろう。昼でも夜でも近所の目というものがある。だが、あれこれ思いつくことはあった。切り刻んで焼却したらどうかと考えたり、地下室で穴を掘って埋める気になったりもした。さもなくば庭の井戸へ放り込めないか、商品のように装って送り出せないか。そして、ついに名案と言ってしかるべきものが浮かんだ。地下室の壁に塗り込めればよい。前例はある。中世の僧侶が敵を葬ったやり方として記録があるのだ。

そんな目的のためには好都合な部屋だった。さほどに頑丈な壁ではない。しかも、ざっと塗り直してから日が浅い。地下のことで、まだまだ生乾きと言ってよい状態にある。その上、ある一箇所が張り出していた。もとは飾りだけの煙突というか暖炉にでもなっていたのだろうが、なるべく目立たないように塗りつぶされていた。この箇所なら、いくらかレンガを崩して、死体を押し込め、元通りに塗っておけば、誰の目にも怪しまれることはない。

この計算で間違っていなかった。レンガはバールを使って簡単にはずせた。現れた奥の壁に慎重に死体を立てかけ、倒れてこないように気を遣いながら、まず順調に、手前のレンガを積み直していった。次に、モルタル、砂、獣毛、と抜かりなく材料をそろえてから、上塗りの漆喰を練る。周囲との見分けがつかない色になったところで、入念に塗り広げた。終わってみれば会心の出来だ。どう見ても、いったん崩したような壁ではない。散らかったものは一つ残らず拾っておく。いい眺めだと思って、「これなら苦労の甲斐がある」と、つい口に出かかった。

あとは猫をさがすだけだ。さんざんな目に遭わされた元凶というべき猫である。もう何が何でも殺してやるつもりだった。この場に猫がいたら、その運命は極まっていただろう。ところが小狡《こずる》いやつのことで、私が激怒したのに恐れをなしたか、とりあえず行方をくらまそうとしたようだ。私の気分としては、言いようもなく、考えようもなく、心の底から至福の安堵感があった。あの憎らしい猫がいなくなってくれた。この夜は姿を見せなかった。だから一晩は、あれを家の中へ入れてから初めて、ぐっすりと静かに寝られた。そう、人を殺した重さが魂にかかっても、よく眠れたのだった。二日目、三日目が過ぎた。まだ私を苦しめるものは来なかった。ふたたび私は自由人として息をしていられた。さすがの化け猫も退散か。だったら二度と見なくてすむ。これほどの幸福はない。たとえ暗黒の行為のあとであれ、私に罪の意識めいたものはなかった。いくらかの事情聴取が行われたが、答える用意はしておいた。家宅捜索もあったのだが、もちろん何が見つかるわけではない。これでもう安泰だと思った。

妻を殺してから四日目に、警察が抜き打ちの捜査に来た。あらためて家捜しをされる。とはいえ、隠した場所は絶対に見つからないのだから、私は全然あわてない。警察は私の立ち会いを要求し、家の中を隈なく調べまわった。ついに、もう三度目か四度目だろうに、また地下室へ下りた。私は眉一つ動かさない。すやすやと眠る人のように、心臓が静かに鼓動する。地下で行ったり来たりした。腕組みをして悠然と歩いてやった。とうとう警察も気が済んだと見えて、引き上げようとした。私は快哉《かいさい》を叫びたくなった。一言なりとも言いたくてたまらなかった。私としては勝利宣言のつもりだが、何かしら言って、無罪の心証にだめ押しをしてさしあげたかった。

「皆さん」とうとう声をかけた。すでに警察は階段を上がりかけている。「お疑いが晴れて結構でした。では、ご機嫌よう、と言いたいところですが、せっかくお出《い》でになったことでもある。ここは、この家は、よく出来ておりまして――」(なめらかに言わんとする願いの狂おしさに、何を口走っているのかわからなくなった。)「いや、秀逸な出来と言ってもよろしい。たとえば、この壁なども――おや、もうお帰りか？――この壁、ずっしりした造りなのですよ」とまで言って、自分の熱弁に浮かされたようになり、手にしていた杖を、あの壁にたたきつけてしまった。レンガを積んだ裏側に、わが妻が死体として立つ壁だ。

　ああ、神よ、この私が悪魔の牙にかからぬよう守りたまえ！　あのとき壁をたたいた音が、残響の尾を引いて消えたかと思うと、墓となった壁の中から応じる声があった。泣くのだろうか。子供がすすり上げるような、くぐもった途切れそうな声だったが、まもなく大きなひとつながりの絶叫へとふくらんだ。とんでもなく奇怪で、人間のものとは思われない。吠える声に、裂くような悲鳴に、恐怖と勝利が半ばする。こうなると地獄から湧き上がるとしか言えまい。責められて苦悶する人間と、責めて歓喜する獄卒の、ともに喉から絞り出す声が混淆《こんこう》するようなのだ。

私の心の思いを、いまさら語るのも愚かしい。卒倒しそうになった私は、反対の壁までよろけていった。一瞬、階段上の一行は、畏怖の極限にあって、動きを止めた。次の瞬間、人数分の腕という腕が、その膂力《りょりょく》を壁に向けていた。壁はごっそりと崩れた。血糊のこびりついた腐乱死体が、見る者の眼前に直立する。死体の頭上には、口が真っ赤に裂けて、隻眼《せきがん》を火と燃やす、おぞましき妖異の獣が坐していた。私を人殺しに誘っておいて、告発の声を上げ、絞首人の手に引き渡した、この奸智《かんち》の化け物を、私が壁に埋めていたのだった!

本能 vs. 理性——黒い猫について

獣類が持つ本能と、人間が誇りとする理性と、その境界はどこにあるかと言えば、きわめて曖昧なものでしかないだろう。北東部およびオレゴンで係争中の境界線などよりも、はるかに策定しづらいに違いない。下等な動物に理性の働きがあるのかどうか、おそらく答えが出ることはない。当代の知見においては、まず無理だ。自己愛と傲慢に生きている人間が、動物にも思惟の力があると認めることはあるまい。そんなことをしたら超越する存在としての大事な自尊心に傷がつく。ところが、その一方で、ある逆説から逃れられないのでもある。理性は人間だけのものであり、本能などは劣等な能力だと言ってしまいたいのに、じつは本能のほうが格段に優秀であると言わざるを得ないことが、日常の経験にいくらでもある。本能とは、理性の下等な一変種ではなく、知力の中で最も望ましい形なのかもしれない。真の哲学者が見るならば、神の精神が、その被造物に対して直接の作用を及ぼしているとさえ思われよう。

ある種のアリ、クモ、ビーバーなどの習性には、人間なら理性にたとえてもよさそうな、あるいは、すでに理性に近いと言ってもよさそうな能力を示すものがある。しかし生物によっては、理性との比較論が通用せず、まさに神の精神が、いかなる生体器官をも介すことなく、直接に生物の意志を動かしているとしか思えない本能を見せる。そのような高度の本能として、サンゴという好例がある。一つ一つは小さな虫だが、陸地を作る建築家というべき生物だ。熟練の技師にも裨益《ひえき》するところの多かろう精密な応用力を発揮して、海に防壁を構築する。のみならず、人間にはない予知の能力をも有している。その生息地に純然たる事故として起こる現象を、何カ月も前に予測して、無数の仲間が共同し、なお一つの意志で動くかのように(実際、たった一つの意志、創造主の心によって動くのだが)、まだまだ先のことでしかない現象を和《やわ》らげようと懸命に働く。あるいはまた蜂の巣を例にとっても、すばらしい考察ができるはずだ。蜂がつくる部屋の形という問題を、数学者に解かせてみたらどうか。強度と空間という二つの条件から計算して、きわめて難度の高い研究に没頭してもらうことになるだろう。最大の空間を得た上で、最高の強度を保つためには、何角形がよいだろう。同様に屋根の傾斜は何度になるか。こんな課題に答えられたら、ニュートンかラプラスなみの学者である。ところが蜂は、蜂として世界にあるかぎり、この問題を解いてきた。では、本能と理性の大きな違いがどこにあるかと言うと、ある活動分野においては、本能は際限もなく精密で、確実で、先見の明があるのだが、理性は活動できる分野の幅がずっと広いということになるだろう。いや、どうも話が講釈じみてきた。ある猫について、ちょっとした話を書こうとしただけなのだ。

筆者は黒い猫を飼っている。これが世にもめずらしい黒猫で——と言っただけで、大変なことを言っている。そもそも黒猫はどれもこれも魔女だからだ。わが家の雌《めす》には白い毛が一本もない。つんと澄まして構えている。台所にお気に入りの居場所があるのだが、そこまで行くにはドアがある。しかも掛金がついていて、人間ならば親指で押し下げる形式の無骨なものである。うまく押さないと下がってくれない。ところが猫はちゃんと心得て、いつも平気で開けている。まず床面から掛金のガード部分に飛びついて（銃の引金ガードのようなものがついている）、ここに左の前足を引っかけ、それから右の前足で掛金を押す。さすがに何度か押さないと力が掛からないようだ。どうにか押し下げたとしても、まだまだ仕事は半分だと猫にもわかっているらしい。早くドアを押さないと、また掛金が元に戻ってしまうのだ。そこで猫は体をひねって、二本の後足を掛金のすぐ下に持っていく。そのまま思いきりドアに力をかけて飛ぶのだが、その勢いでドアが充分に開くまで、後足がちゃんと掛金を押さえている。

こんな芸当を、もう百回も見せてもらったろうか。いつ見ても、冒頭で述べたことは真理だと、つくづく感じさせられる。本能と理性との境界は、きわめて曖昧なものでしかない。あの黒猫の行動を見ていると、もっぱら理性の働きということになっている知覚と思考の能力を、もののみごとに使いこなしたとしか思えないのである。

アモンティリャードの樽

フォルトゥナートという男にはさんざん苦しい目に遭わされて、ひたすら我慢を重ねたのです。しかし、ついに侮辱という形をとられては、もはや復讐あるのみと思いました。とはいえ、私の精神をご存じである以上、よもや脅し文句を口にする人間だったとは思われますまい……。

——いまに見ろ。と、そこまでは断固として決めたわけだが、断固としていればこそ、万に一つの手抜かりもあってはならなかった。処罰してやるのはよいが、逆襲が跳ね返ってくるのはいけない。報復であるからには、じわじわと思い知ってもらいたいし、誰の恨みで誅《ちゅう》されるのかわからせないと、それもまた悪を正したことにはならない。

だから私が善意で接しているのだとフォルトゥナートには思わせておくように、あえて言行を慎んでいたことは、ご承知おき願いたい。いつもどおり、にっこりと笑顔を向けてやった。こいつを葬り去ると思っての笑いだとは、感づかれていなかった。

このフォルトゥナートには、ひとつ弱点があった。ふだんは敵にしたら恐ろしいくらいの侮りがたい男だが、ワインの話となると、すっかり趣味人になって喜んでいる。元来、イタリア人というのは、本物の名人気質とは縁遠い。研究心がありそうに見えるとしても時と場合の計算からであって、イギリスやオーストリアの金持ちに詐欺を仕掛けるための擬態であることが多いのだ。フォルトゥナートも、絵画や宝石については、イタリア式の食わせ者だった。だが年代物のワインであれば目の色が変わる。いや、私も人のことは言えない。イタリア産の銘柄には通じていて、買えるだけ買いあさってもいた。

ある日の夕刻。カーニバルに熱狂した薄闇の中で、わが友に出会った。だいぶ聞こし召したフォルトゥナートが、むやみに陽気になって声をかけてきた。道化師の扮装をしている。ぴったりした縞々の服を着て、ちゃらちゃら鈴のついた三角帽子を頭に載せていた。ここで会えたとは私も大喜びで、いつまでも手を握りしめていたいような気になった。

「いやあ、フォルトゥナート。ちょうどよかった。すっかりご機嫌じゃないか。ま、それはともかく、ある酒を大樽で仕入れたんだ。アモンティリャードということになってるんだが、僕にはよくわからん」

「どうしたって？　アモンティリャードを大樽で？　嘘だろう。しかもカーニバルのさなかに」

「だから、わからないと言ってるんだ。それらしい値段で、もう買ってしまったんだが、早まったかもしれないな。きみに相談すればよかったが、所在がわからなかった。急がないと買いそびれると思ってね」

「アモンティリャード！」

「わからんのだよ」

「アモンティリャード！」

「わかるといいんだが」

「アモンティリャード！」

「お忙しいようだから、ルケーシのところへでも行くよ。ほかに目利きと言えばルケーシだから――」

「あんなやつ、アモンティリャードとシェリーの区別もつかん」

「しかし、きみに匹敵するという噂もちらほらだ」

「ようし、行くぞ」

「どこへ」

「おまえの酒蔵」

「そりゃだめだ。ご厚意に甘えるわけにはいかんよ。どうやらご予定もあると見た。まあ、ルケーシなら――」

「ご予定はない。行こう」

「あー、いやいや。予定がどうこうよりも、ひどい風邪を引いてるようじゃないか。地下は空気がじめじめしてるからな。硝石がこびりついてもいる」

「行くと言ったら行く。風邪が何だ。アモンティリャード！　どうせ偽物をつかまされたんじゃないのか。まあ、ルケーシなんてやつはな、シェリーとアモンティリャードも判別できんのだ」

そう言いながら、フォルトゥナートは私の腕をつかんだ。私は黒絹のマスクで顔をおおい、マントを体に巻きつけて、急《せ》かされるまま自邸へ向かった。

帰ってみれば使用人は出払っていた。祭りの季節のことで、勝手に遊びに行ったようである。私は、朝まで帰らないから、しっかり留守番をするように、と命じていた。そうしておけば、連中のことだ、主人が背を向けたとたんに一人残らず散るだろうと思った。

私は壁に掛かっている手燭を二本取って、一本はフォルトゥナートに持たせ、歩くようにと会釈で促した。いくつか部屋を抜けて、地下へのアーチ通路を行く。私が先に立って長い螺旋《らせん》階段を下りながら、足元に気をつけるようにと言ってやった。やっと下りきって、じっとりした地面に二人で立ち止まる。わがモントレサー家の墓所だ。

フォルトゥナートの足取りは覚束《おぼつか》なかった。歩けば帽子の鈴が鳴った。

「樽はどうした」と言う。

「まだ先だよ。それよりも、まわりの壁を見てくれ。白いものが蜘蛛《くも》の巣みたいに張りついて、ぼんやり光ってるだろう」

私に顔を向けたフォルトゥナートが、酔った涙目をして、のぞき込んできた。

「硝石か？」と、だいぶ間を置いてから言う。

「そうだ。——ところで、その咳はいつから続いてる？」

「ごほ、ごほ、ごほ——ごほ、ごほ、ごほ——ごほ、ごほ、ごほ——ごほ、ごほ——ごほ、ごほ、ごほ」

しばらくは答えにもならなかったようだ。

「いや、何でもない」と、やっとのことで口をきく。

「いかんな」

私は毅然として言った。「戻ろう。大事な体じゃないか。金も名誉もあるだろう。愛してくれる人もいる。幸せな男だよ。以前は僕もそうだった。きみの身にもしものことがあったら困るじゃないか。僕の用事なんかどうでもいい。戻るぞ。これで病気にでもなられたら、どうしようもない。まあ、ルケーシもいることだし——」

「もういい。こんな咳は何でもないんだ。死ぬわけじゃない。咳で死んでたまるか」

「そりゃそうだが——。いや、僕だって脅かすつもりで言ったんじゃない。しかし、な、用心に越したことはないだろう。とりあえず一口どうだ。メドックがある。気付けになるぞ」

ここで私は、地下にずらりと置きならべた中から一本とって、口をたたき割った。

「やってくれ」と、このワインを持たせる。

フォルトゥナートは、にたりと笑う顔になって酒を傾けた。飲んでいる途中で、気安げにうなずいてみせる。帽子の鈴が鳴った。

「ここで眠る人々に乾杯だ」

「では、きみの長寿を祈る乾杯も」

ふたたびフォルトゥナートに腕を取られ、奥へと進んだ。

「えらく広いんだな」

「ああ、モントレサー家も、昔は栄えていたんでね」と、私は答えた。

「紋章は何だったか」

「青地に金色で大きな人間の足だ。蛇を踏んづけているんだが、蛇もまた頭を持ち上げて、人間のかかとに牙をめり込ませている」

「で、モットーは？」

「侮辱ニハ逆襲アリ」

「けっこう！」

酒がフォルトゥナートの目を光らせて、帽子の鈴が鳴った。私でさえ夢想に熱くなりかけた。人骨が石垣のように重なったところへ大樽がいくつも突っ込まれている迷路を抜けて、すでに地下墓所の深奥へ来ていた。ここでまた私は立ち止まり、今度はこちらからフォルトゥナートの肘の上あたりをつかんでみた。

「硝石が！　ほら、増えてきたじゃないか。へばりついて苔みたいだろう。このあたりは川底の下だからな。湿気が水滴になって骨の隙間に落ちていく。ここまでにしよう。いまなら引き返せる。そんなに咳をしていては――」

「何でもないと言ってるだろう。行くぞ。だが、その前に、また飲もう」

そこで私がグラーヴの瓶の口を飛ばしてやると、やつは一息に飲んでしまった。目を爛々《らんらん》と輝かす。ひとつ笑ってから、よくわからない大きな動作をつけて瓶を投げ上げた。

私がびっくりした顔をすると、また同じ動作がなされた。どうも気色が悪い。

「わからないのか?」

「ああ」と、私は答えた。

「じゃあ、仲間ではないな」

「仲間?」

「フリーメーソンに入ってないだろう」

「ああ、そうか。入ってるとも」

「ごまかすな。おまえが?」

「入ってるさ」

「証拠でもあるのか」

「ほら、石工《メーソン》の証がある」

私はマントの下に隠し持った鏝《こて》を取り出した。

「つまらん洒落だ」

フォルトゥナートは何歩か下がりながら、大きな声を出した。

「いや、そんなことよりアモンティリャード」

「そうだな」

私は鏝をしまい込み、ふたたびフォルトゥナートに腕を貸してやった。遠慮なしに重みをかけられて、アモンティリャードさがしの歩を進める。低いアーチを一つまた一つとくぐり抜け、道を下り、しばらく行って、さらに下り、地下深くの一室に来た。空気がどんよりしているので、手燭の炎が縮んだように薄くなる。

この狭い空間の奥に、もっと狭苦しい部屋があった。壁には人骨がびっしりと積み上がり、丸天井まで達している。パリの地下墓所にはこんなものが多い。壁の三方は乱れがなかった。一方だけ、骨が崩され、下に散らばっていた。小山になった箇所もある。骨が落ちてむき出しになった壁には、さらに引っ込んだ空間ができていた。奥行き一メートル二十センチほど。幅は一メートルもなく、高さは二メートル前後だろう。とくに用途があるわけではない。地下墓所の天井を支える構造の中に、こういう凹《くぼ》みがあるだけのことだ。その背後は、もう墓所の外周となる厚い花崗岩の壁である。

フォルトゥナートはぼんやりした手燭をかかげ、奥まった闇を照らそうとしたのだが、どうせ無駄なことだ。こんな小さな光ではわからない。

「どうぞ中へ」と、私は言った。「アモンティリャードがある。こうなったらルケーシは――」

「あれは愚物だと言っとろうが」

フォルトゥナートはふらつく足を進め、そのあとに私もぴたりとついていった。だが、わけもなく行き止まりになる。岩の壁に突き当たったフォルトゥナートは、呆《ほう》けたように棒立ちになった。そして次の瞬間には、私の手で花崗岩にくくりつけられていたのである。壁面には金具が二つ、六十センチほどの間隔で同じ高さについていた。一方には短い鎖、他方には錠前が下がっている。この鎖をフォルトゥナートの腰にからめて固定するのに、ものの何秒とかからなかった。よほどにたまげたのだろう。無抵抗になっていた。私は鍵を引き抜いて、やや下がった。

「壁に手を這わせてみるといい。硝石がわかるだろう。すごい湿気だからね。では、もう一度だけ、言わせてもらう。戻りたくはないかな。だめか？　なら置いていくしかないじゃないか。せめて行く前に、微力ながら尽くしてさしあげよう」

「アモンティリャード！」と、わが友は奇声を発した。いまだ衝撃が覚めやらないと見える。

「そうとも」と、私は言ってやった。「アモンティリャード」

こんなことを言いながら、すでに述べた人骨の堆積をさぐり、いくらか取りのけて、石材とモルタルをさがし出した。これだけ材料があって、鏝も持ってきたのだから、おおいに張りきって穴の手前をふさぐことにする。

一段目を置いたかどうかというところで、フォルトゥナートもだいぶ酔いが醒めたらしいと思えた。穴の奥から呻《うめ》くような声がしたので見当がついた。酔って出す声ではない。それから、しばらくは無理に押し黙っていたようだ。二段目を積む。三段目、四段目と重ねたら、鎖の音がした。がちゃがちゃ鳴らす怒りの音は数分間も続いた。せっかく聞かせてくれるなら堪能させていただこうと思って、私は手を休め、人骨を椅子にして坐った。ようやく鳴りやんでからは、また鏝の作業を始めて、もう中断はなく、五段、六段、七段を積んだ。ほぼ胸の高さまで来ている。ふたたび小休止だ。石工としての成果の上から手燭をかざし、奥の人影に向けて、二度、三度と、か細い光を投げた。

すると鎖につないだはずの影が、喉から振り絞った声を、裂帛《れっぱく》の気合のように浴びせてきた。思わずたじろいで、おかしいと思いながら、身震いする。私は剣の鞘《さや》を払って、穴の中にさぐりを入れた。だが、ちょっと考えればわかることだ。地下墓所の岩肌に手をあてて安心する。また石の壁に寄りつく。わめき立てる声に応じてやった。響きを返し、唱和してから、大きく強く押しかぶせた。それでもう奥の騒ぎは静まった。

真夜中になる。そろそろ仕事も終わりだ。八段、九段、十段まで積んでいた。最後の十一段目もかなり進んで、あと一つ石を載せて固めれば完了するところだ。石の重さに苦労して、やっと運命の位置に持ち上げたら、穴の中から低い笑いが洩れた。ぞっとして総毛立つ。すると笑いのあとは哀れな声になった。これが貴紳フォルトゥナートの声かとは思いがたい。その声が言う——。

「は、は、は! へ、へ! 大層な冗談じゃないか。酔狂なことだ。屋敷へ帰ったら、おおいに笑おう。へ、へ、へ! ワインでも傾けてな、へ、へ、へ!」

「アモンティリャード！」

「へ、へ、へ！　へ、へ、へ！　そうさ、アモンティリャード。だが、もう夜更けだろう？　屋敷ではお待ちかねじゃないのか。わが奥方も、ほかの面々も来てるだろう？　な、こんなところとは、おさらばしよう」

「ああ、おさらばだな」

「頼む、このとおりだ、モントレサー」

「ああ、そういうことだ」

まだ返事があるかと思ったが、何も聞こえなくなった。しびれを切らして、呼びかける。

「フォルトゥナート！」

答えはない。また呼ぶ。

「フォルトゥナート！」

それでも答えない。積み残しの隙間から手燭を差し入れ、中へ落としてみた。ちゃらちゃらと鈴の音だけが返った。さすがに胸のつかえる思いがした。いや、地下墓所とは空気がじっとり澱《よど》むものだ。仕上げを急ぐことにして、最後の石をぐっと押し込んだ。モルタルで隙間を埋める。できあがった石壁に寄せて、あらためて人骨を積み上げ、しっかり固める……。

——あれから五十年、骨が乱されることはなかったのです。安らかな眠りを。

告げ口心臓

もちろんだ！　たしかに緊張した。とんでもなく神経が張りつめていた。まだおさまらない。だからといって異常だとは決めつけないでもらいたい。感覚は病気のせいで鋭くなっていたのであって、おかしくなったり鈍くなったりはしていない。それに何より聴覚が研ぎすまされていた。天地の音を聞き逃すことがなかった。地獄の音だって聞こえた。そういう人間がおかしいわけはなかろう。まあ、聞くがいい。どれだけ健全に、冷静に、語りつくせるか、とくとご覧《ろう》じろ。

思いついた発端は何だかよくわからない。だが思いついてしまえば昼となく夜となく私の頭にこびりついていた。目的などはなかった。是非にと願ったのでもない。老人への愛着もあった。私に悪さをした男ではない。恥ずかしい思いをさせられたこともない。老人の金が欲しかったのでもない。あの眼だったろう。そう、眼のせいだ。一方の眼が禿鷹に似ていた。うっすら青みのある眼に膜がかかったようだ。あの眼を向けられるたびに、さあっと血が冷えていった。だから少しずつ少しずつ決意を固めた。老人の命を絶つ。あの眼との縁を切る。

さて、これからが肝心だ。たぶん私の精神をお疑いだろうが、そこまで疑われるような人間だったら分別はあるまい。私がどんなことをしたか、見せたかったくらいだ。どれだけの策をめぐらし、どれだけ慎重に、先を見越して、擬装して、仕事にかかったことか。殺す一週間前からは、とくに念入りに優しくしてやった。また毎晩、真夜中ごろに、ドアの掛金をはずし、そうっと静かにドアを開けた。顔が入るくらいの隙間ができると、まず暗いランタンを差し入れた。ぴたりと閉ざして光が洩れないようにしたランタンを先に、この顔も入れる。傍目《はため》には吹き出しそうにおかしかったかもしれないが、細工は流々とはこのことだ。じりっ、じりっ、と顔を前に寄せる。老人の眠りを妨げたくない。すっぽりと顔を入れて、ベッドに眠る姿が見えるまでに、一時間はかかった。どうだ！　もし私が狂人なら、こんな巧妙なことをするわけがなかろう。顔を室内に入れてから、そろそろとランタンの蓋を開けた。そろそろと言ったらそろそろだ。ランタンの蝶番《ちょうつがい》がきしむのだから、そうするしかない。ほっそりした光の筋が禿鷹のような眼に落ちかかる程度だ。これを毎晩、真夜中に、七日間続けてやった。だが眼は閉じているだけなので、どうにもならない。どうにかしたいのは老人そのものではなくて、邪悪な眼なのだ。夜が明ければ、私は平気で足を踏み入れ、臆することなく話しかけた。心安く老人の名を口にして、よく眠れたかなどと問いかける。というわけだから、よほどに叡智のある老人でもなければ、夜な夜な十二時きっかりに寝姿をのぞかれていると察したはずがない。

八日目の晩、なおさら慎重にドアを開けた。私の手は、時計の分針よりも、ゆっくり動いたろう。自分の能力を、知恵を、とくに大きく感じる晩になった。勝った喜びを抑えきれなかった。こうして少しずつドアを開けているのに、私がひそかに何をして何を思うか、老人は夢にも知らないことなのだ。それで、ふと笑いが洩れたのかもしれない。老人がびくんと動いた。私は後ずさりした、と思うだろうか。とんでもない。室内はとろりとした濃い闇だ。盗賊よけに雨戸を閉めきっている。いくらかドアが開いたところで、そうとわかるような闇ではない。さらにドアをじわりじわりと押していった。

どうにか顔を入れて、いよいよランタンの蓋を開けようとしたら、親指が留金に引っかかった。老人がベッドに飛び起きて、「誰だ」と叫んだ。

私は動きを止めたまま、音を立てなかった。たっぷり一時間、身じろぎ一つしない。老人が横になる気配もなかった。坐った姿勢で、じっと耳をすませているらしい。それなら私と同じだ。いままで毎晩、虫が壁に食い入る音だけを、じっと聞いていたのだから。

やがて、わずかに唸り声が聞こえた。死の恐怖にさらされたような声だった。痛いとか悲しいとか、そんなものではない。恐怖をこらえきれなくなった魂の奥底から、押さえつけてもせり上がる声なのだ。私にはわかる。いままでに幾夜、真夜中の私の胸にも湧きあがったことだろう。おぞましく反響して、わななく心の恐怖をなおさら深めた音ではないか。だから老人の感覚がわかるだけに、内心ではせせら笑いながらも憐れんだ。かすかな物音に反応した時点から、ずっと目覚めていたに違いない。ずっと恐ろしさを募らせていたに違いない。気のせいだと思おうとして、うまくいかなかったのだろう。煙突に風が吹き込んだか、ネズミが部屋を這ったのか、それともコオロギが鳴いたのか、などと自分に言い聞かせようとした。そう思っていられれば安心だが、そうは問屋が卸さない。無駄なことだ。死神が黒い影から先に近づいて、もう老人を影の中に入れてしまった。この影ともわからぬ死の影がひたひたと寄せて、おそらく見えも聞こえもしないだろうが、顔だけ入った私の存在を老人に感知させたのだ。

じっと長いこと待った。まだ横になった気配はない。ついに私は決心して、少しだけ、ごくわずかな隙間だけ、ランタンの蓋をずらした。そろーりそろーりと動かすうちに、ついに蜘蛛の糸のような一条の光が飛び出し、禿鷹の眼に落ちかかった。

眼が開いた。大きく、かっと見開いた。その眼を見つめる私は、無性に腹が立った。くっきり見える。どんよりした青色に膜が張っているようなのが気味悪く、骨の髄までぞくりと冷やされた。眼だけが見える。あとは老人の顔も体も闇の中だ。まるで本能が働いたかのように、私は憎らしい眼だけにぴたりと光を投げていた。

さっきも言ったはずだが、狂気と見られる人間は、ただ感覚が鋭いだけなのだ。このときも、くぐもった小刻みな音が、私の耳には聞こえた。時計を真綿にくるんだような音だ。これまた私にはわかる。老人の心臓の音。兵士を駆り立てる太鼓のように、この鼓動は私の怒りを煽った。

それでもなお我慢に我慢を重ねた。ほとんど息もしない。ランタンを動かさない。いつまで光を眼だけに当てていられるか。だが、あの戦慄の鼓動が大きくなった。刻一刻、速まり、高まる。老人の恐怖は極限に達しているに違いない。高まる、刻々と高まる。――聞いているのだろうな？　私は神経が張りつめていたと言ったはずだ。そういうことだ。こんな夜の夜中に、ぞっとする静けさの古屋敷で、こんな怪しい音を聞かされたら、私だって恐怖心に歯止めがきかない。なお我慢して持ちこたえた。だが鼓動が高まる。高まる。もう破裂すると思った。こうなると別の心配にとらわれる。近隣に聞こえるのではないか！　もはや生かしてはおけない！　私は大きく叫び、ランタンを全開にして、部屋に飛び込んだ。老人が一声だけ悲鳴をあげた。たったの一声。すぐに私が床に引き下ろし、重いベッドをかぶせて下敷きにした。ここまでは上首尾で、にんまり笑ってしまった。ところが、かなり長いこと、心臓がこもった音を出して打っていた。まあ、それくらいは腹も立たない。まさか壁の外へ洩れることはあるまい。そのうちに止まった。老人は死んだ。ベッドをずらして、死体をあらためる。そう、ぴくりとも動かない。その心臓に手を当てて、しばらく感触を見ていた。脈動はない。死んでいる。もう眼に悩まされることはなくなった。

ここまで来て、なお私が正気かと疑っている向きがあるとしても、死体の始末を計った知略のほどを語れば、そんな疑いは消えるだろう。とにかく急がねば夜が明ける。だが音は立てない。とりあえず切断する。頭と手足を切り離した。

それから床板を三枚はがして、いま切ったものを根太《ねだ》の合間に詰めた。あとは床板を元に戻したのだが、いかにも上出来。これだけ隠せば、誰が見たって、いや、あの老人の眼が見たところで、よもや露顕するものではなかったろう。洗い流すまでもない。どこを見ても何もない。血痕などはないのだ。そんな手抜かりをするものか。ちゃんと盥《たらい》に受けていた、はっ、は！

すべての作業を終えると四時だった。真夜中も同然に闇が深い。時計が鳴ると同時に、表からドアをノックする音がした。心も軽く、玄関へ出る。いまはもう怖いものなしだ。入ってきたのは三人の男で、そつのない礼儀を見せながら、警察の者と名乗った。この近所から通報があったという。夜中に悲鳴が聞こえ、犯罪の疑いもあるのではないかということで、一応、捜査に出向いてきた由である。

私の顔が笑う。ちっとも怖いことはない。ご苦労様です、と言ってやった。じつは私が夢を見て叫んだようなわけで、いま老人は田舎に引っ込んでいる、ということにして家の中を案内する。ようくご覧いただきたい。そんなことを言いながら、ついに老人の部屋へ来た。貴重品を乱された形跡がないところを見せる。私は余裕たっぷりで、わざわざ部屋に椅子を持ち込み、お疲れでしょうからどうぞと言って休ませた。しかも、すっかり有頂天の私は、死骸が眠る真上に自分の椅子を置いたのだった。

全然怪しまれていなかった。私の応対に不審な点はまったくない。みごとに落ち着き払っている。警察の面々は、明るく受け答えする私の前で、世間話めいた座談の雰囲気になっていた。だが、ほどなく私は青ざめるような気分になり、早く帰ってくれればよいのにと思いはじめた。頭が痛くなって、気のせいか耳鳴りもした。まだ警察は帰らない。坐って話し込んでいる。耳鳴りがはっきりしてきた。音が持続して、ますます明瞭になる。気を紛らせたい私は、ことさら多弁になった。しかし音はやまない。くっきりした実体のある音で——いや、これはもう耳の中で鳴っているのではない。

すでに私は蒼白であったろう。それでも弁舌はなめらかだ。声の調子が上がる。ただ、あの音も高まる。どうしたらいい？　くぐもった小刻みな音——時計を真綿にくるんだような——。私がはあはあ喘がされているのに、この男たちには聞こえてもいない。私はどんどん早口に、猛烈にしゃべった。しかし音は確実に高まる。私は立って、どうでもいいことを論じた。上ずった声になり、激しい身振りがつく。しかし音は確実に高まる。なぜ帰ってくれない？　私は行ったり来たり、どすどす歩いたから、この連中が言うことに激怒したように見えてしまう。しかし音は確実に高まる。ああ、どうしたらいい？　口から泡を飛ばして、喚き、罵《ののし》る。坐っていた椅子を大きく揺すって、床板にこすりつけるが、あの音が圧倒するように立ち上がる。高まる一方だ。なお大きく、大きく、大きくなる。いまだに連中は談笑する。聞こえないわけがなかろう。いや、待てよ、そうではない。聞いて、容疑を、心証を、持ったのだ！　その上で私の恐怖をあざわらっている。私はそう思った。いまでも思う。だが何にせよ、あの苦しみはひどすぎた。何よりも耐えがたい嘲笑だ。あんな偽りの笑顔を我慢してはいられない。もう死にそうに叫びだしたくなった。ほら、また聞こえる——大きく、大きく、大きく、大きく——

「いいかげんにしろ」と、私は叫んだ。「ごまかすんじゃない。やったことは認める。床板をはがしてみろ。ここだ、ここ。あの心臓が打つ音だ！」

邪鬼

いかなるものが魂の原動力になるのかと考える際に、いわゆる骨相学では見逃される心性《しんせい》がある。心の動きとして根本原則であることは明白なのに、骨相学でも昔ながらの道徳哲学でも看過されてきた。人間が理性ばかりを誇って、つい忘れてしまうことだろう。およそ信じようとする態度がないので――ヨハネの黙示録だろうがヘブライの密教だろうが信じようとする気がないので、存在するはずのものが見えなくなる。よけいな作用のように思われて、それ以上考えが及ばなくなっていた。なくてもよい衝動なら、出てくる必然性がわからない。また、もし出てこられても、わかることはなかったろう。こんなものが何の役に立つか、現世にも永劫にも無駄である、と切り捨てたのではなかろうか。骨相学は、いや、いかなる形而上の学は、と言ってもよいのだが、もともと理論先行にできている。理解ないし観察の人よりは、知性ないし論理の人が思い立ち、作るつもりで作りあげた。いわば神に向けて人間の着想を押しつけた。こうしてエホバの意志だったものを人間が納得するように解釈し、わかった気になって精神の体系を次々に編み出した。骨相学の例で言えば、人間がものを食べるのは神の考案であると前提した。いかにも考えそうなことだ。ともかく人間には食欲の器官が備わっていることになる。これはもう神罰のようなもので、いやでも食べよと命ぜられて生きている。さて次は、子孫を残すのも神の意志だと決めたがために、さっそく色情の器官を発見した。以下同様。相争うのも、思索するのも、因果を求めるのも、建設するのも、それぞれに器官があることになった。要するに、何でも器官なのだ。心情も、道徳心も、知能の働きも、みな担当する器官があって作用する。このように人間の行動原理を器官に割り振った骨相学の徒は、良きにつけ悪しきにつけ、各論においても総論においても、同学の先達の足跡をたどることを大原則とした。まず人間の運命を想定し、創造主の目的に適《かな》うかどうかと考えて、あらゆる現実に当てはめたのである。

どうせなら逆のほうが賢明、ないし穏当、ではなかったか。神が人間をどのように仕上げたか決めつけて根拠とするよりは、人間が実際にすること、しがちなこと、何かというとしていること、に基づいた分類を（しなくてはいけないなら）すればよかった。目に見える現象において神の働きがわからないなら、その現象をあらしめたはずの神の思考まで人間にわかるわけがない。創造された事物すらわからないのに、創造に係る理念までわかるわけがない。

もし実例を優先して考えていれば、いかな骨相学でも、ある逆説めいたものを想定せざるを得なかったろう。人間の行動に内在する根本原理である。これといった用語もないので、ひねくれた邪鬼のような精神、と言っておこう。まあ、動機なき作用、動機づけられない動機、とでもいうべきものだ。これがあるおかげで人間は理屈の通らない行動に走る。もし用語が混乱しているように聞こえるなら、言い方を換えてもよい。すなわち、これがあるおかげで人間は、してはいけないという理由で、してはいけないことをする。そんな理由にならない理由はあるまいと思えようが、実際には強烈きわまりない理由である。ある精神の持ち主が、ある状況に置かれた場合には、ただ押し流されるしかない。ここで私は絶対の自信を持って言う。どんな行為であれ、非行である、錯誤である、と承知していればこそ、たったそれだけの理由で実行にいたるしかないという、強引な力学が働くのだ。いわば悪のために悪をなす。抗しがたい気質である。分析などできるものではない。どこかに解法があって片づくわけでもない。原始太古の衝動。これが基本なのである。いや、それならば、という反論が出るかもしれない。あきらめなくてはいけない行為をあきらめないとしたら、骨相学で言う「闘争」の部位から生じるものと大差ないではないか。しかし、そう考えたら誤りなのは理の当然。骨相学の「闘争」は、自分の身を守ることを本質とする。傷つくまいとする自衛策なのである。自己の安泰をはかるのが原則だ。したがって争うと同時に、安泰であろうとする欲求が高まる。つまり、もし闘争の一変型として考えるなら、同時に自己保全の願望が働くのでなければならない。ところが私の言う「ひねくれた精神」においては、自己保全願望が発生しないどころか、激しく対立する感情が存在する。

つまらぬ反論への答えとしては、自分の胸に問うてみよと言うのが一番だろう。おのれの魂と誠実に向き合い、なお徹底して問いかけるならば、いま論じている気質がどれだけ根源的なものか疑おうとはすまい。むしろ、わかりやすいくらいのことを言っている。たとえば人に話をしながら、わざと持ってまわった言い方をして相手をじらせてやりたくなる。そんな狂おしい思いにとらわれたことは誰にでもあるはずだ。いやがられることはわかっている。ほんとうは好ましく思われたい。いつもなら簡単明快に話せる。ずばり言ってのける表現が口から出かかっている。すらすら流れそうな言葉を堰《せ》き止めるほうが大変だ。聞き手を怒らせるのは願い下げである。それなのに、少々込み入ったこと、横にそれたことを言えば、この相手は怒るだろうと考える。ちょっとでも考えたら、おしまいだ。ふとした衝動が願望になる。願望は欲望になり、欲望は切望になって我慢しきれず、まことに慚愧《ざんき》に堪《た》えない結果になるとわかっていても、この切なる思いには克《か》てなくなる。

あるいは迅速に遂行すべき任務があるとしよう。遅れたら取り返しがつかない。まさに人生の一大事、寸刻を争う、と叱咤の声が聞こえるようだ。もう体が熱くなって、すぐにでも始めたくて、これが成就したらどれだけ晴れがましいかと思えば魂に火がついたようである。何が何でも本日中に、という仕事なのだけれども、やはり明日に延ばしてしまう。なぜだ。答えはない。ひねくれていると言うしかない。また、言うだけは言えるが、その原理まではわからない。そして明日が来る。任務遂行への焦りが募る。だが、焦れば焦るほど、正体がわからないだけに空恐ろしい欲求も出る。遅らせたい。この欲求が強まり、どんどん時が逃げていく。いよいよ締め切りが迫る。体が震えるような激しい内部抗争がある。かたや明快、かたや曖昧。実体と影が争うようなものだ。しかし、ここまで来れば戦局は見えている。勝つのは影だ。あがいても無駄。時間切れ。かくして身の安泰に弔鐘が鳴る。だが、いままで取り憑いていた悪霊が去っていく鶏鳴の時でもある。ついに心が自由になる。活力が戻る。さあ、仕事だ。いまさら遅い！

絶壁の上に立つとしよう。眼下の谷を見おろして、頭がくらくらする。とっさに危ないと思って下がりかける。どういうわけか下がらない。徐々に、徐々に、苦しさと恐れが混濁して、もやもやした雲のように湧きあがる。さらにまた、じりっ、じりっと、あるかなきかの変化があって、この雲が形をとる。瓶から煙が出て魔神になる『アラビアン・ナイト』のようなものだ。しかし断崖に立つときの「雲」からは、おとぎ話の妖怪変化よりもずっと恐ろしいものが、はっきり形成されてくる。ひとつの考えというべきものでしかないのだが、これが何とも恐ろしい。骨の髄まで冷えるようだ。恐怖を味わいたい心が強烈なのだから、危険きわまりないのである。こんな高いところから一気に落ちていったら、どんな感覚なのだろうと思う。そして、この死への転落を――人間が思いつくかぎり凄惨な死の苦しみの中でも、とりわけ凄惨に苦しむだろう死を伴うものだから、ありありと思い描いて望んでしまう。常識としては夢中であとずさりしなければならない。だからこそ、なおさら崖っぷちに近づく。がくがく震えながら、落ちることを考える。これほどに切迫した魔性の情熱はあるまい。一瞬たりとも考えようとしたら最後である。考えれば踏みとどまろうとする。だから、こそ踏みとどまることができなくなる。もし引き止めてくれる人がいなければ、もし這いつくばってでも事態を急転させるのでなければ、そのまま飛び込んで破滅するしかない。

などなど、似たような例を検証してみるがよい。もう「ひねくれ精神」の産物という以外ないだろう。その行為をしてはいけないと思うから、するのである。はっきりした原理原則をさぐれるものではない。たまさか結果として善行に向かうこともあるけれど、さもなくば悪魔がそそのかすとしか思われまい。

さて、ここまで言えば、そろそろお答えしてもよろしかろう。なぜ私はここにいるか。このような鎖につながれ、重罪人の獄にあるのか、いささかなりと原因めいたものを語って進ぜよう。さきほどから私が駄弁を弄しているかに思えようが、そのくらい言わなければ、おおいに見損なわれたかもしれない。私が異常なだけだという下司《げす》の勘繰りをされたかもしれない。もうおわかりだろう。ひねくれた邪鬼に取り憑かれただけのこと。この世にいくらでも例はある。

ただ、あれほどに用意周到な犯行はあるまい。何週間も何カ月も前から殺人計画を練った。どれだけの腹案を思いついては破棄したかわからない。実行すれば露顕する可能性があったからだ。そのうちに、さるフランス人の回想録を読んでいたら、マダム・ピローなる女性が危篤状態になったという話が出ていた。ロウソクに毒性の物質が混入していたらしい。これだ、と思った。私が命をねらった男には、ベッドで本を読む癖があった。寝室は狭くて換気が悪い。しかし、あまり煩雑なことは言わずにおこう。ちょっとした工夫、とだけ申し上げる。特製のロウソクを一本用意して、寝室のロウソク立てにあったものとすり替えておいた。翌朝、男はベッドで死体となって発見され、検視官の判断は「天命による」であった。

この男の財産をそっくり受け継いで、安穏な年月が過ぎた。露顕する恐れは脳裏に浮かびもしなかった。燃え残ったロウソクは、この手できっちりと始末して、証拠となるものは影も形もないのだから、私を告発する手がかりは、いや、容疑をかけるだけの手がかりもなかったろう。万全の保証を得た思いで、つくづく胸にこみ上げた充足感には、たとえようのない滋味があった。じつに長いこと、そんな気分に浸りきって暮らした。罪から生じた現実の利得よりも、この気分にこそ本物の喜びがあった。だが、長い年月のあとで、ある時期にさしかかった。心地よい感覚だったのが、じわじわと変じて、うっとうしい考えとしてつきまとうようになった。つきまとうから、うっとうしい。片時も追い払えない。たとえば音楽が耳につくことは普通にある。ありきたりな歌か、たいしたこともないオペラの節回しが、耳にというか記憶にというか、こびりついて離れない。たとえ歌が良くても、オペラが傑作であっても、悩ましいものは悩ましい。これと似たような形で、私は身の安泰について考えるようになった。低くつぶやいて「大丈夫だ」と繰り返していた。

ある日のこと、町へ出て歩いていた私は、いつもの言葉を、ぼそぼそと口にしかかっているのに気づいた。なんだか癪にさわった腹いせに、替え歌のようにしてやった。

「大丈夫、大丈夫、わざわざ白状する馬鹿じゃなし」

こんなことを言ったとたんに、氷のような冷たさが心臓に忍び寄った。さっきから私はひねくれた精神のことをくどくどと述べているが、それは何度か私も発したことがあり、また抵抗できたためしがないという記憶もあるのだった。それなのに、しでかした人殺しを聞かれもしないのに白状する愚かしさを、うっかり自分で言い出した。これが、まるで殺した男の亡霊のように、私と向き合い、死への手引きをしたのである。

まず私は魂の悪夢を振り払おうとした。ずんずん歩いて、速く、もっと速く、ついに駆けだしていた。叫んでしまいたい欲求に駆られる。考えることが波のように押し寄せ、そのたびに恐ろしくなる。こんなときに考えれば自滅に直結するとわかるからだ。さらに足を速めた。狂ったように雑踏の中を跳びはねていった。やがて町の人に腕を取られたり、追いかけられたりする。もう私の運命もここまでかと思った。舌を引きちぎってしまえるなら、そのようにしただろう。だが、荒っぽい声が耳に響いた。さらに荒っぽく肩をつかまれた。体が回った。どうにか息をしたい。一瞬、息のできない苦しさに襲われ、何も見えなくなって、死んだのかと思い、頭がぼうっとする。そこへ、姿なき悪魔、と思えた存在に、大きな手でどんと背中をたたかれた。長らく閉じこめていた秘密が、私の魂から飛び出した。どうやら私ははっきりした口をきいたらしい。だが、言うだけのことは言おうとして、中断されまいと一気呵成にしゃべったようだ。ついには肝心な要点にいたって、私は絞首人に委ねられ、地獄へ送られることになった。

訴追されるに十二分の自白をしたあとで、私は気を失って倒れた。

いや、これ以上、何を語ろう。きょうの私は鎖をつけて、ここにいる。あすは鎖がとれるとして、さて、どこにいるか。

ウィリアム・ウィルソン

何と言おうか、この真面目くさった良心
行く手に立つ亡霊
——チェンバレン『ファロンニダ』

ここで私はウィリアム・ウィルソンと名乗る。わざわざ本名を書きつけても、用紙の染みにしかなるまい。さんざん侮蔑されてきた名前である。わが一族にはおぞましい限りだった。風さえも怒気をはらみ、この空前の汚名を世界の隅々にまで運んだのではなかったか。もはや身の置き所はなくなった。この世にあって死んだも同然。名誉も、栄華も、希望の光も無縁である。分厚い暗雲が天を覆いつくし、永遠にたれ込めて、わが願いを届かなくしているのではないか。

言いようもなく悲惨になった私の後半生について、そっくり書き記すなどということを、いまこの場で、好きこのんで行おうとは思わない。後半になって邪悪の度が急上昇した由来を説けばよいのである。人間、悪くなるとしたら、徐々に悪くなるのが普通だろう。私の場合は、マントが脱げるように、はらりと善が抜け落ちた。ちっぽけな悪《わる》にすぎなかった私が、巨人のような一歩を踏んで、古代の悪帝にも劣らぬ所業におよんだ。いかなる事の次第で――いかなる出来事があって、これほどの凶変につながったのか、しばらくお聞き願いたい。もはや死が近づいている。その先触れとなる影が、精神を静めるように、ふんわり落ちかかってくる。薄暗い谷をたどりながら、人の情けにすがりたくなる思いだ。いま、人の憐れみ、とさえ言いそうになった。私が人間にはどうしようもない状況の奴隷になっていたことを、おわかりいただけないだろうか。これから申し上げることにより、砂漠に小さなオアシスがあるように、愚行の中には運命があると見てとってもらいたい。もう認めていただくしかないだろう。たしかに人間には昔から誘惑がつきまとってきたけれども、これほどまでに誘惑された例はないのだ。まあ、ここまで堕落した例もあるまい。だから、これほど苦しんだ例もない。ずっと夢を見ていたのかとさえ思う。いま私はとんでもない恐怖と謎によって死んでいく。この地上で最も奇想天外な幻想がもたらした恐怖であり謎であるのではなかろうか。

私は、ある一族に生き残った末裔だ。代々、空想癖の激情家が出やすいとされた家である。ごく幼い私にも、この性質はそっくり表れていた。年とともに強まる一方だ。

おおいに友人の心を悩ませ、私自身の損害になったものでもある。わがままの度が進んで、勝手な思いつきに走り、言いだしたら抑えがきかなくなった。両親は性根の据わらない人で、また私と似たような気質を抱えているとあっては、息子の悪癖を直そうにも手立てではないに等しい。あやふやで的外れの対策は大失敗に終わった。もちろん私から見れば完勝である。以後、この家では、私の言うことが法になった。普通なら親に手綱を握られている年頃で、気随《きずい》気儘《きまま》に生きていた。すでに事実上は、独立を果たしていた。

学校生活を思い出すと、その初期の記憶は、大きな古い館にまつわりついている。エリザベス女王の時代まで遡りそうな、入り組んだ建物だった。イギリスの霧にむせぶような町である。ごつごつした巨木が無数に立ちならび、どの家も古色蒼然としていた。まさに夢のような、ゆかしき佇《たたず》まいの町なのだ。いまでも私は、あの影の深い街路に流れた冷涼の気を、肌の記憶に残している。どこの庭にもあった植木の香りを胸によみがえらせ、深い余韻を引いた教会の鐘の音をあらためて思う。古式の尖塔が薄暗い空に埋まって眠るような静けさの中で、毎時に突如として響きだした暗調の音が、身震いするほどなつかしい。

いまの私には、学校のことをあれこれとなく思い出すのが、ほかに得難い楽しみになる。こうして惨めな状態にどっぷり浸かり、惨めさを現実とするしかないのだから、とりあえず気休めだけでも、よしなきことを思いつくままに語らせていただこうか。いや、つまらぬこと、馬鹿げたことには違いないが、ある時期と土地に関わって、存外に大事だったような気がしてならない。あとになって私に大きな影を落とした運命が、おぼろげに出てきていたと思うのだ。では、記憶をたぐるとしよう。

古い建物が変わった形をしていたことは申し上げた。敷地は広大で、高さのある頑丈なレンガの壁が外周をなしていた。壁の上部にはモルタルでガラス片を乱立させている。こんな牢獄のように堅固な壁が、生活の領域を定めていたのだった。外界を見るのは週に三度しかない。まず土曜日の午後に、二人の監督がついて、団体で付近の自然散策をした。日曜日には二度、つまり朝と夕方に、この町に一つしかない教会へ、やはり行列を整えて出かけていった。校長が牧師を兼ねていたのである。この先生が重々しい足取りで説教壇へ向かうのを見ながら、遠くのギャラリー席に坐らされた私は、どれだけ不思議に思っていたことだろう。すっかり品の良い温顔になって、つややかな衣装をなびかせ、入念に粉を振った鬘《かつら》が立派な押し出しなのだった。こんなに様変わりするのだろうか。学校ではいかにも渋い顔をして、たばこ臭い服装で、懲罰用の棒を手に、杓子定規の校則を振りまわしたのではなかったか。とんでもない矛盾だ。奇怪千万、わけがわからない。

厳重な敷地の壁の一隅に、なお厳重な門があった。鋲を打ちつけた扉に鉄の閂《かんぬき》がかかって、上端は太い釘で針の山にしてあるのだから、何というものものしさだろう。週に三度の入場と退場のほかには、開かずの門になっていた。頑丈な蝶番がきしむたびに、大いなる神秘の音に聞こえたものだ。深い言葉を、深々とした瞑想を、いくらでも誘うような音だった。

広々とした敷地は入り組んだ形なので、半端な空き地がいくつもあった。大きいほうから三つ四つ、運動場になっている。平坦な土地に粗い砂をまいてあった。樹木やらベンチやら、そんなものは一切なかったことを覚えている。もちろん校舎の裏手である。正面は、柘植《つげ》のような植栽がある庭として整備されていた。だが聖域とも言うべきで、めったに足を踏み入れることはない。入学の初日であるとか、卒業して去る日とか、せいぜいクリスマスや夏の休暇に保護者が迎えに来て帰省するという折りに、この庭を通り抜けた。

だが、それにしても、あの館。いやはや古怪《こかい》な造りだった。私には魅惑の王宮と言ってよい。くねくねと曲がりくねって、どのように分かれていくのか、まるで見当がつかない。二階建ての上にいるのか下にいるのか、いつ考えても判然としなかった。ほかの部屋へ行こうとすれば、必ず三段か四段の段差を上がるか下りるかする。横方向の枝分かれだけでも際限がない。考えが及ばない。そのうちに逆戻りしていたりするのだから、いま館内のどこにいるのかと思うことは、無限とは何ぞやと問うことと、さして違わなかったかもしれない。五年間寄宿したとは言いながら、私および十八人から二十人ほどの生徒が、いかなる片隅に部屋割りされていたのか、結局、曖昧なままだった。

教場として使われていたのは、全館で最も広い部屋だった。世界一広いと思ってしまった。ひどく細長くて、オーク材の天井は気詰まりなほどに低い。アーチ型をしたゴシック風の窓がならぶ。奥まった近づきがたい一角に、三メートルばかりの幅をとって方形の小部屋ができていた。校長兼牧師ブランズビー博士が執務中に使用する、侵すべからざる領域だ。どっしりした扉のある重厚な部屋であり、この先生が不在でも扉を開けるなどもってのほか。拷問にかけられて死んでいくほうがまだましだと思っていた。ほかにも二箇所、似たような部屋があって、だいぶ格下に見えることは否めないが、それ相応の威圧感は出ていた。一つは古典学の教師が、もう一つは国文と数学を掛け持ちする教師が、職務のために使った。教場の全体には、机やら長椅子やらが、ずらずらと縦横に連続した。どれも黒ずんだ時代物だ。手垢のついた書物が危なっかしく積み上げてある。またイニシャル、名前、異様な図形などなど、ナイフで刻みつける努力が営々と重ねられたと見えて、もはや新品だった大昔を偲ばせるよすがもなかった。細長い部屋の突き当たりには大きな水桶があり、反対側には堂々たる大時計が立っていた。

このような古き学堂の分厚い壁に囲まれて、しかし倦《う》むことはなく、十代前半の五年間が過ぎた。子供の頭にはいろいろな思いつきがあるもので、外界の様子などを知らずとも、不自由なく楽しんでいられた。気のふさぐ単調な学園生活のようでいて、じつは強烈な喜びに充ちていた。青年期になっての贅沢三昧、また壮年期にいたっての犯罪よりも、なお愉快なものだった。ただ、ひとつ間違いないと思うのだが、私の場合、少年期の心の成長が、あまり普通ではなかった。いや、尋常ではなかった。とかく人間というものは、大人になってしまえば、幼少の日々の出来事が鮮明な印象として残らない。すべて薄暗い影になる。あやふやな追憶。おぼろげな幻影になった喜びや痛みを、なんとなく寄せ集めるだけのこと。でも私は違った。子供の頃から大人なみの気力で感覚を働かせていたのだと思う。いまなお、カルタゴのメダルの刻印のように、くっきりと記憶に押されたものが残っている。

世間一般の見方で言えば、ろくに記憶すべきものはなかったろう。朝になれば起きて、夜になれば寝かされる。熟読し、暗唱する。半日の休みが来て、徒歩の移動がある。運動場で言葉を投げ合い、遊びの時間があり、よからぬ企みをする。そんな程度のことが、いまは忘れてしまった心の魔法によって、血湧き肉躍る荒野にも、波乱に富んだ世界にも、万感胸に迫る宇宙にもなった。つまらぬ鉄の時代が、案外、黄金時代でもあったのだ。

そうやって夢中になって楽しみ、言い出したら聞かないところもあったので、いつしか私は級友に一目置かれるようになり、徐々にではあるが、似たり寄ったりの年齢の中で抜きんでて優位に立ったのも、当然の成り行きだったろう。だが一人だけ例外がいた。この例外は、親戚ではないが、私と同姓同名の生徒だった。それだけならおかしくはない。名家の末とは言いながら、私の姓はありふれたものだ。はるかな大昔から庶民の名前にもなっていたのは致し方あるまい。だからウィリアム・ウィルソンと名乗って語り出した。本名と大きく異なってはいない。さて、私の学級では、この同じ名前の一人だけが、授業中でも運動場でも公然と対抗してきた。素直に従うということがない。何につけても私の言うことに逆らう。もし無条件の専制支配があるとしたら、少年集団に階層ができた場合である。気の強さで負けない者が主導権を握るのだ。

ウィルソンの反抗が、私には癪の種になった。人前では虚勢を張って、ウィルソンごときは何でもないと思わせるようにしたのだが、じつは敵にしたら恐ろしいというのが本音であり、しかもウィルソンが易々《やすやす》と私に伍しているのに、こちらは負けまいとして必死なのだから、これでは実力でかなわないと思わざるを得ないのが、いかにも腹立たしかった。ところが、相手との力の差、いや伯仲していたと言わせてもらおうか、そんな認識があるのは私だけのようだった。たしかにウィルソンは競合し、抵抗し、いるのやら、まるで気づいていないらしい。仲間の誰もが、どこに目をつけて私のすることに楯を突いてばかりの不届きな態度に徹するが、表立ってのことではない。さっぱりしているかに見える。私なら人より優れたいと思う野心も、それを可能にする負けん気の強さも、持ち合わせていないようなのだ。とすると、わざわざ私の向こうを張って、いやがらせの真似をするのは、気まぐれの遊び心にすぎないのだろうか。また私は別のことに気づいて、何を慮外なと思わされるのでもあった。あれだけ虚仮《こけ》にされた私には釈然としない話で、こちらとしては願い下げなのだが、まるで親しんでいるような態度をとる。私を庇護して恩を着せたがるのなら、自惚《うぬぼ》れの極みから発する行動としか思われない。

もともと名前が同じである上に、同じ日に入学したという偶然が重なり、しかも馴れ馴れしい態度なのだから、このウィルソンと私は兄弟であるという見方が上級生に行き渡ったようだ。本来なら下級生の事情に詮索がましくはない。すでに言ったはずで、もし言わなかったなら言っておくが、私にはウィルソンとの縁故など金輪際なかったのだ。しかし、もし仮に兄弟だとしたら、双子であったに違いない。あとで学校を離れてから知ったのだが、あの男は一八一三年一月十九日の生まれで、奇しくも私の誕生日と一致していたのである。

ウィルソンと競り合い、けしからん対抗心を見せつけられて、緊張の絶えなかった私としてはおかしなことかもしれないが、どこか憎みきれないところもあった。いや、戦いの日々であったのは確かだ。一応は私が勝つことになる。それでいて、なぜか花を持たせられたと感ずるようにできていた。いずれにせよ私にはプライドがあり、負けたウィルソンも卑屈になることがないので、そのまま平気で口をきいている。じつは気質の上では似通ったところが多くて、ああいう関係でさえなかったら、友情にまで育ったかもしれない感覚が兆していたのである。私が本当はどういう思いでウィルソンに接していたのか、なかなか見きわめることはできない。ありのままを述べるだけでも難しい。異質なものが混然としていた。かなり激しい敵意はあったが、憎悪とまではいかない。たいしたやつだ、えらいやつだ、恐ろしいやつだ、と思っていて、こわいもの見たさの興味が尽きなかった。というわけで、心の動きに通じた人には、もうおわかりだろう。私とウィルソンの縁は切っても切れないものだったのである。

こうして曖昧につながっていたせいだろう。私が仕掛ける攻撃は（陰に陽に出した手数は多かったが）軽口、いたずら、という体裁におさまっていたのであり（冗談めかして傷つけても）まともに突っかかるようなものではなかった。だが、どう企もうと、うまく功を奏したとはかぎらない。あのウィルソンには泰然自若としたところがあって、案外鋭いことを言っておもしろがるくせに、守りは堅い。笑いものにしてやる隙がない。いや、たしかに一つだけ弱点はあった。おそらく体質から来る異常なのだ。いくら喧嘩相手とはいえ、私のように万策尽きたのでもなければ、これに乗ずることはなかったのではないか。咽喉に障害があるらしく、大きな声では話せない。ごく低い声でささやくしかないのだった。この疾患に対して、私は容赦なくつけ込んだのである。

ウィルソンからの反撃も相当なものだった。とくに私を法外に悩ませた一策がある。ちょっとしたことで私を攪乱できると気づいただけでも、やつの知恵は底が知れないと言っておこう。気づいてからは、その手を常用していた。私は自分の名前が大嫌いだった。先祖伝来の姓は品位に欠けているし、名も平民のようなとまではいかずとも、どこにでもあるようなものだ。この姓名を聞くと、耳に毒液を流されたように思った。だから入学した日に、同じ名前の新入生がいると知って、そいつに腹が立った。ますます名前がいやになった。こんな知らないやつのおかげで、耳に入る回数が倍になるはずだ。いつも私の周囲にいて、学校生活に関わるあれやこれやで私と混同される機会もあるだろう。

こうして苛立たしい感情が胚胎し、また私とウィルソンが精神的身体的に似ていると思わされる機会があるごとに、ますます激しい苛立ちを覚えるようになった。この段階では、まさか年齢までぴたりと一致するとは知らなかったが、背丈が同じであることはわかるのだし、体つき顔かたちが奇妙に似ているという認識もあった。縁者ではないのかという噂が生じて上級生に広まったことでも、苦い思いをさせられた。まあ、要するに、いくら細心の注意を払って動揺を隠したにせよ、心身その他の相似性に触れられることは、何よりも私を辟易《へきえき》させていたのである。だが、その一方で、確かに観測できることがあった。縁者云々の噂と、ウィルソン本人がどう思っているかという点を別にすれば、ほかの学友が相似性について話題にしているとは思われず、ふだん意識に上らせることもないようだ。ところがウィルソンは何かにつけて意識し、また私と同様の根強い意識としていたのは間違いない。これが私へのいやがらせとして実効のある攻めどころだと見てとったのは、くどいようだが、余人にはない眼力としか言えまい。

ウィルソンは、完璧に私を模写することに取りかかった。それが言葉にも行動にも表れる。みごとな演技力だった。私の服装を苦もなく真似て、歩き方、立居振舞を、すんなり取り込んでいた。声色さえも、あの発音障害があるというのに、どうにか真似されてしまった。さすがに大きな声を出すのは無理だったが、音調は酷似していた。しかも、ささやき声という特質のために、私の声にエコーとして重なるように聞こえた。

この精妙な模写のことを(戯画とは片付けられない出来だったが)、いま詳述したいとは思わない。気づいているのが私だけで、にんまり笑うウィルソンのしたり顔を私一人で我慢すればよかったことが、せめてもの救いだった。ウィルソンは私の胸中にねらいどおりの傷を負わせたことを喜び、内心ほくそ笑んでいたようだが、あれだけ達者な芸を見せながら、しかるべき喝采を浴びようとも思わないのがまたウィルソンらしいところだ。それにしても校内の誰にもウィルソンの意図がわからず、その成果が見えず、もちろん一緒になって笑うわけでもないのはなぜなのか。私だけがやきもきして、長い間、解けない謎になっていた。ウィルソンがじわじわと似せていったから、傍目《はため》にはわかりにくかったのかもしれない。あるいは、模写が巧みだったからこそ、人に知られなかったと言うべきかもしれない。たとえば絵画であれば、愚鈍な者には表面の形しか目に入るまいが、ウィルソンはそんな上っ面だけの写し方をしない。いわば対象の精神をすくい取って、その私には見えるように、敗北感があるように、仕組んだのではなかろうか。

ウィルソンが私を庇護するかのごとき図々しい態度をとったことは、さっきから繰り返すとおりだ。いらぬ邪魔だてが再三だった話もした。この邪魔だては、老婆心ながら、という体裁でなされることが多かった。こっそりと、ほのめかすように言う。言われた私は反発する。それが年々強まった。しかし、そんなことも今は昔となって、きょうという日の私には、これだけはウィルソンのために言っておきたいと思うことがある。まだ若くて、あまり経験もなさそうな男が言うことだったのに、若さにありがちな錯誤になっていた事例を、一つも思い返すことができないのだ。人間としての器量、才覚とまでは言わずとも、道義心だけは私など及びもつかない鋭さがあった。ああして意味ありげにささやかれた言葉に、もう少し耳を傾けていたならば、いまの私はいくらか真人間で、それだけ幸福になっていたかもしれない。だが当時は、ウィルソンの意見が心から憎らしく、何を馬鹿なと蔑みきっていたのである。

ウィルソンの苦言を受けつづけ、いよいよ苛立ちの極点に達した私は、不遜な差し出口としか思えないものに対して、日ごとに憤懣《ふんまん》を隠さなくなっていた。級友となった初期には友情にまで熟してもおかしくない感情があったのだと、すでに申し上げた。ところが寄宿生活も終盤になると、それまでのような口出しが、やや収まってきたかに思えたのとは裏腹に、私の感情のほうが憎悪をみなぎらせるにいたっていた。さすがにウィルソンも思い知ることがあったのだろう、以後は私を避けるようになった、というか避ける姿勢を見せていた。

もし私の思い違いでなければ、この時期のことだ。かなり激しい言い争いになって、いつになく冷静を欠いたウィルソンが、うっかり自分を表に出しかかったのは、あの男らしからぬことだった。すると、ウィルソンのしゃべり方、雰囲気、見た目の様子に何となく感じられるものがあった。いや、私が感じたというだけだろうか。とにかく気づいて、はっとして、どうしたことだと思った。ごく幼い日々の記憶が、ぼんやりと目に浮かぶようなのだ。まだ記憶力として定まらない頃の、わけのわからない記憶がわらわらと群がった。この圧迫感をどう言えばよいのか。ずっと昔、はるかに遠い過去において、いま目の前にいる存在を、すでに私は知っていたという思いを、やっとのことで振り切った。そうとしか言いようがない。しかし、ふと浮かんだ幻想は、消えるのも早かった。おかしな同名の男と学校で話をした、その最後の日として述べただけのことである。

大きな古い館は、どれだけの区画に分かれていたのか知れないが、いくつかの大部屋があって、行き来できるようになっていたのは確かである。大半の生徒が寝泊まりする部屋だった。しかし、ああいう設計であれば当然のことで、小さく余ったような半端な空間が点在し、経済観念の発達したブランズビー博士としては、これまた生徒の居室に設《しつら》えていた。せいぜい納戸くらいの広さだから、一人部屋にしかならない。ウィルソンの居室はそのようなものだった。

ある晩のこと。すでに第五学年も終わりに近づき、かの激しい口論から間もない夜に、すっかり寝静まった館内で、私一人が起き出すと、ランプを手に、狭い廊下から廊下へ果てしもない道筋をたどって、宿敵ウィルソンの部屋へ向かった。かねてより、何かしら悪さを仕掛けて痛い目に遭わせてやろうと思いながら、うまくいった例《ためし》がなかった。きょうこそは首尾よく仕遂げて、骨髄に徹した恨みのほどを知らしめてやるつもりだ。たどり着いて、音もなく忍び入る。ランプはシェードをして部屋の外に置いた。一歩踏み込んで、静かな寝息に聞き耳を立てる。熟睡を確かめてから、ランプを取りに引き返し、ふたたびベッドに近づいた。カーテンが引き回してある。こちらの都合上、そろりと隙間をあけて、眠っている顔に光線を照らし、私の視線も落としたのだが――氷のように冷たい麻痺の感覚が、さあっと私の全身に行き渡った。胸に息を弾ませ、膝が揺れて、精神は得体の知れない恐怖にとらわれる。喘ぎながらも、なおランプを顔に寄せていった。これが、こんなものが、ウィリアム・ウィルソンの顔なのか。いや、当人に違いはないとは思うのだが、ひょっとして別の顔かという幻想にとらわれて、私は瘧《おこり》にかかったように打ちふるえた。こうまで私を愕然とさせたのは何だったたか。目を見張りながらも、あれこれ収拾のつかないことを考えて頭がふらふらした。こんなではない。起きて動いているウィルソンは、絶対にこうではない。名前が同じ、体つきも同じ、入学の日も同じ。そして、私の歩き方、声音、ふだんの癖を、わけもなく執拗に真似ていた。だが、こんなことが人間界にあり得るのか。辛辣な物真似ばかりしていると、それだけで私が見たもののようになるのか。私は畏怖に押しひしがれ、すくみ上がる思いでランプを消し、そっと静かに部屋を出ると、そのまま古き学館を去って、二度と足を向けなかった。

帰郷して、しばらく無為に過ごしてから、今度はイートン校に籍を置いた。わずかとはいえ時間がたったおかげで、前の学校での記憶は薄らいできた。いや、覚えている私の側で気の持ちようが変わったことだけは間違いない。悲劇として見たものの現実味が失せた。はっきり見えたと思ったが、じつは見誤ったのではないか、と思うだけの余裕さえできていた。だから、もし思い返すことがあるとしても、いかに人間は騙されやすいのか、なるほど夢見がちな家系に生まれたものだ、と苦笑まじりになるのだった。また、イートン校での生活も、こういう考えを戒めるようにはできていなかった。愚かな非行が渦巻く中へ、私はみずから進んで飛び込んでいった。その渦巻きの力は、私の過去を洗い流して、やっと水の泡ほどにしか残さなかった。しっかりした記憶は水底に沈んで、もう済んだことだという軽薄な精神が、ふわふわ漂うだけになった。

だが、身を持ちくずしていった日々を、いま語ろうとは思わない。学校の目を盗んでは、規則違反を繰り返した。そんな暮らしが三年間、まるで得るところもなく続いて、悪癖が身に染みついただけのことであったが、見た目の風采だけは相当に上がっていた。そんなある日、一週間ほど自堕落に遊び呆けたあとで、札付きの悪仲間を何人か、こっそりと招いた。夜も更けてからのことだった。どうせ、そのまま徹夜となるに決まっている。酒はふんだんに流れた。酒より危ないかもしれない誘惑物質にも不足はない。という次第だから、熱に浮かされたような放蕩ぶりで、おおいに盛り上がっているうちに、もう東の空が白々と明けていた。すると、トランプと酒でかっかと熱くなった私が、罰当たりな毒舌で乾杯を言いだしていたところへ、思いがけないことがあった。ドアがぐいっと半開きにされたのだ。外から急《せ》き立てるような取次ぎの声がする。どなたやら大至急のお話だそうで玄関に来ている、とのこと。

私は酒に煽られているから、邪魔が入ったと思うよりは、おもしろがって出ていった。ふらつく足で何歩か行けば、小さな玄関にたどり着く。低い天井にランプは下がっていなかった。どこからも光は入らない。夜明けの微光が、半円形の小窓をすり抜けるだけだ。この空間に足を踏み入れようとして、似たような背格好の若い男がいるのに気づいた。白いカシミヤのモーニングフロックという服装で、このときの私が着ていた新式のデザインと同じである。それだけは薄明かりでも見えたのだが、顔立ちまでは判然としなかった。しかし男は、私が来たと見るや、つかつかと寄ってきて、待ちかねたように私の腕をつかまえ、耳元で「ウィリアム・ウィルソン！」とささやいた。

瞬時に私の酔いが醒めた。

この男の態度に、また小窓の光を受けて私の目の前でちらちら揺れる指の先に、私はただ唖然とするばかりだった。いや、あれほど動揺したのは、ほかに理由がある。わずかひそひそと息だけ洩らしたような声が、おごそかな諫言《かんげん》の響きを宿していた。わずか数個の聞き慣れた音をささやかれただけなのに、その声色、音調のせいで、過ぎた日の記憶が群がって押し寄せ、魂が電流に触れたような衝撃をもたらしたのだった。だが、私が金縛りにあっているうちに、男は姿を消していた。

この一件は、混沌とした私の心に鮮烈な印象を残したのだったが、すぐに薄らいでいったのでもある。たしかに私は何週間か考え抜いた。雲をつかむような妄想にとらわれていたかもしれない。あの男の正体について、自分をごまかそうとは思わなかった。こうまで執拗に私につきまとい、忠告めかして仇なすのはウィルソンしかいない。それにしても何者だ。どこから来る。何の目的か。ちっとも答えは出ないのだったが、ただ一つわかったことがある。実家に急な事情があったらしく、私が逃げ出した日に、ウィルソンもまたブランズビー博士の学舎を去ったということだ。いずれにせよ、ほどなく私の念頭からも去っていた。オックスフォードへ進むことになった私は、そっちに気を取られた。両親は後先も考えずに見栄を張る性分で、息子の支度にも諸費用にも金に糸目をつけなかったから、すでに贅沢に染まっていた私が、まだまだ思う存分の暮らしをしていけそうだった。イギリスの富裕貴族の鼻持ちならない御曹司にも負けないくらい、平気で散財できるだろう。

これだけ条件が整ったら大喜びだ。悪に走りたがる根性が、勢いを倍加して突っ走った。遊蕩に耽りたくてたまらず、ごく当たり前の常識さえ歯牙にも掛けなかった。いかに乱れていたか仔細に述べるのは愚かだろう。道楽者がそろった中でも、私の所業は他を圧していたと言うにとどめる。また新奇な悪戯を次々に持ち出しては、当時のヨーロッパでも別格に腐れきった不良学生がする非行に、なお少なからぬ項目を追加していたのでもあった。

だが信じていただけるだろうか。とうに私は紳士どころではない体たらくで、プロの賭博師がやるような狡猾な技に手を染めようとしていたのである。そして卑怯な詐術の腕を磨くと、これを常套手段として、勘の鈍そうな連中から巻き上げた。ただでさえ過分な実入りがあるのに、さらなる上乗せを図ったのだ。いや、嘘ではない。ところが破廉恥に徹したものだから、かえって露顕しなかった。それが唯一ではないとしても大きな理由だったとは言えよう。おかしな負け方をした者は、自分の錯覚だろうと考えて、まさか私が仲間を裏切っているとは思わない。ざっくばらんで鷹揚なウィリアム・ウィルソン、このオックスフォードでも気品と度量にすぐれた学生で、たとえ愚行があるとしても若気の至りとしか思われず（と追従する意見があり）、誤るとしたら余人にはない酔狂のせいで、暗い背徳さえも粋がった無駄遣いの域を出ない、ということになっている。

こうして二年ほど調子に乗っていたところへ、グレンディニングという若い成り上がり貴族が来た。古代ギリシャのイロド・アティコスにも劣らない、いくらでも金が転がり込んでくるような大富豪なのだそうだ。たいして利口ではない、と私が知るのに手間はかからなかったから、当然、これは鴨になると目をつけた。ちょいちょい誘ってやり、賭博師のいつもの手として、まず気持ちよく勝たせる。あとはもう、こちらの思う壺、という計算だ。いよいよ機が熟した頃合いに、どちらにも親しいプレストンという学生の部屋へ来させた。これで最後の大一番とするつもりだが、プレストンはまったくあずかり知らないことだったと言っておこう。さらに体裁を整えるために、私は十人ほどが集まるように声をかけていた。そして抜かりなく、おのずとトランプの話が出るように、あの間抜けな鴨が自分から言い出すように仕向けた。悪事の説明は簡単にすませるが、ともかくカードの駆け引きに油断はない。一つずつ事を運ぶ。それにしても、いつもの手口がいつものように通じて、まだまだ騙されるやつがいるというのが不思議である。

会は深更《しんこう》に及んで、ついに私はグレンディニングと一対一の勝負に持っていった。しかも私の得意なエカルテだ。この対決の行方を見ようと、ほかの者がそれぞれのカードを放り出して、周囲に群がってきた。グレンディニングは宵の口から私の巧言に乗って、かなりの深酒をしていた。いまカードを切って、配って、ゲームを始めた様子からすると、まるで平常心とは思われない。すべて酒のせいであるはずはないが、それ相応に効き目があったと言えるだろう。まもなくグレンディニングは大きな金額で負け越した。すると、ポートワインをぐっと一飲みしてから、私が冷静に読んでいたとおりの行動に出た。すでに高騰していた賭け金を倍にしようと言ったのである。私は困った顔をしてみせた。何度も断って、じれたグレンディニングに怒りの言葉を吐かせてから、そこまで言うなら受けようじゃないかということにして応じた。もちろん獲物は仕掛けに落ちてくれた。一時間もたたないうちに、負けを四倍にも増やしたのだ。すると、酒で赤らんだはずの顔色が薄らいでいるようだとは思ったが、ここに至って蒼白になり凄みさえ出ていた。これは意外だ。ずいぶん調べたつもりだが、グレンディニングは桁外れの金持ちではなかったのか。いままでに負けた金額は、たしかに大きくふくらんでいるけれども、この男が気に病むほどではあるまい。びくびくして青ざめるはずがないのだ。悪酔いでもしたのか。すぐに思いつくのはそんなところだが、私は仲間内での評判を落とさないことを最優先して、もう今夜は終わりにするぞと言おうとした。まわりから聞こえるざわめきや、グレンディニングが思いつめたように洩らす呻き声からすると、もはや完膚なきまでに打ちのめしてしまったと考えざるを得なかった。こうなるとグレンディニングに同情が集まる。悪鬼の魔手からでも守ってもらえそうな雲行きだ。

私がどういう態度に出たのだったか、よくわからなくなっている。あの負けた男の惨めさに、一座の空気がすっかり気まずくなった。しばらくは深い沈黙が流れ、いくらか真面目な者が投げてくる非難がましい視線に、私は頬がじりじり焼けるような思いをさせられた。緊張感が胸に重苦しかった。それが一瞬でも軽くなったことに、ほっとしたと白状してもよい。ある突発事が介入したからだ。間口のある重量級のアコーディオンドアがいきなり全開になって、すさまじい勢いだったために、室内のロウソクというロウソクが魔法のように吹き消された。だが、消える寸前の光に浮いた人影がある。私くらいの背格好で、きっちりとマントに身を包んでいた。しかし、もはや黒々とした闇である。その男が入ってきて立っているのは、気配として知るしかなかった。あまりの無礼に一同が呆気にとられていると、男の声がした。

「皆さん」と、低いけれどもはっきりした忘れもしないささやき声が、私を骨の髄までぞくりと震わせた。「皆さん、こうして参上したことに、弁解はいたしません。義務を果たそうとするまでのこと。今夜、エカルテの勝負でグレンディニング卿から大金を巻き上げた人物の本性について、どなたもご存じありますまい。そのことは是非お知らせしなければなりませんが、手っ取り早い方法を申しましょう。左袖の裏地をお調べになることです。また、刺繍のガウンには大きめのポケットがついている。何やら仕込んでいるかもしれません」

この言葉だけが聞こえて、あとは音もなく静まりかえっていた。言うだけ言うと、男は立ち去るのもまた唐突だった。私がどんな心地だったか、いま語るべきだろうか。断罪される恐怖を一身に引き受けたような、と言わねばならないか。とにかく考える暇はないに等しかった。すぐさま何本もの手が私につかみかかり、ロウソクが大急ぎで点《とも》された。身体検査になった。袖口からはエカルテに勝つための絵札がごっそり出てきた。ポケットには、いままで使っていたのと同様のカードが何組も見つかった。同様とはいえ一つだけ違うところがある。事情通はアロンデと言っているが、強い札は上下の辺がわずかにふくらんでいて、弱い札は左右にふくらみがある。山札を分けようとして、普通は縦方向に持つだろうが、それでは相手に絵札を残すことになる。

賭博師は心得て横に持つので、点の高いカードを取られる結果にはならない。

さて、からくりを人目にさらされた私に、囂々《ごうごう》たる非難が浴びせられれば、まだよかったのかもしれない。だが無言のうちに冷ややかな侮蔑だけが返った。

「ウィルソン君」と、部屋の主たるプレストンが、足元から外套を拾ってよこした。私は自めずらしい毛皮で仕立てた逸品である。「君のものだね」寒い夜だったので、私は自室を出るときにガウンの上に重ね着をして、この部屋へ来てから勝負の前に脱いでいた。外套にも嘲笑を向けたプレストンが、「もう裏表をあらためるまでもあるまい。お手並みのほどは充分にわかった。こうなったら大学を去るしかなかろう。とりあえず僕の部屋からは出てもらいたい」

ここまで地面に踏みつけられるような屈辱を蒙っては、雑言の主につかみかかってでも報復したかったところだが、このときの私は、ある奇妙きわまりない事実に気を取られていた。着てきた外套は、どこにでもあるような毛皮ではない。いかに稀有な、高価な品物であったことか、あえて言わずにおくとしよう。その仕立ても私自身がデザインした華美なものである。つまらぬ遊び心だが、こんな道楽にこだわり抜くところが、私にはあったのだ。プレストンは外套を拾って、しかもアコーディオンドアのそばに落ちていたのを拾って、私に持たせようとした。私はほとんど恐怖に近い驚きを覚えながら、すでに腕にあった外套を見てしまった。いつのまにか無意識に掛けていたのだろう。だから渡された外套は私のものではなく、寸分たがわず同一に仕上げられた品であるに違いなかった。私の正体を暴き立てた怪人も、たしか外套に身を包んでいたはずだ。もともと部屋にいた中では、私のほかに外套をまとった者はいなかった。いくらか気を取り直した私は、受けた外套をさりげなく腕の一着に重ねると、傲然たる反抗心に顔をゆがめて部屋を出た。そして翌朝、未明にオックスフォードを離れ、恐怖と恥辱にぎりぎりと締めつけられる思いで、ヨーロッパ大陸への旅を急いだ。

しかし逃げても無駄だった。悪運は私を追いかけ、嬉々としてつきまとうかのようだった。それどころか、この不可思議な支配力は、いよいよ本領を発揮しはじめていた。私がパリへ着いてまもなく、あの男がまたしても要らぬ手出しをすることが明白になった。私には安らぎのない年月が過ぎた。ウィルソンのやつめ！　ローマでは、とんだところへぬうっと出しゃばって、私の企みを妨げた。ウィーンでも、ベルリンでも、モスクワでも！　どこへ行こうが苦汁を飲まされ、呪ってやりたくなるばかりだ。なぜか知らないが敵わない。結局、私が負けて逃げるしかないのだ。泡を食って、疫病を避けるように退散する。だが地の果てまで逃げようと、無駄なものは無駄だった。

何度も、何度も、ひそかに心の中へ問いかけた。いったい誰なのだ。どこから来た。目的は何だ。どう考えてもわからない。あの差し出がましい監督行為が、どのように進められ、どんな特徴があったのか、微に入り細をうがって検証したというのに、どこに手がかりがあって考えられるかもわからない。ただ、重ね重ねの邪魔立てにあって、どの一回も例外とはせずに、私が何を企み何をするにせよ、そのまま遂行すれば悪事になるという場合にのみ邪魔が入ることだけは目立っていた。しかし、だからといって、あれだけ専横な真似をしておきながら、申し訳が立つと思うのか。あれだけ執念深く、人を貶《おとし》めて自由裁量を奪っておきながら、それで済むというのか。

もう一つ、いやでも気づいたことがある。長年私を苦しめている男は、衣服に関しては万全を期して、奇跡と言いたいほど巧妙に、私とそっくりに装うことにこだわっているらしいのに、あれこれ私の意図に干渉しながら、うっかり顔を見せないように仕組んでいた。ウィルソンが何者であるにせよ、これだけは見えすいたというか愚かしい作為でしかなかった。顔を隠せばわからないとでも思ったのだろうか。イートン校では遊興に水を差し、オックスフォードで私の評判を地に落とし、またローマでの野望、パリでの復讐、ナポリでの熱愛、あるいはエジプトでは私の金銭欲と決めつけたものを、ことごとく頓挫させた、わが天敵とも悪霊とも言うべき、かつては同学のウィリアム・ウィルソン、あの姓名を等しくする級友、ブランズビー博士の学舎で張り合った宿敵ウィルソンであると、私にわからないとでも思ったか。何を馬鹿な、と言いたいところだが、もう最後の山場へ話を進めることにしよう。

いままでの越権行為に対して、こちらからは手も足も出なかった。高潔、英邁、また神出鬼没、全知全能とさえ見えるウィルソンに、つくづく恐ろしいやつだと思わされるのが当たり前になっていて、また何となく人物、思想のありようとして恐怖心を煽られることもあったので、逆に私のほうは徹底して無力であるような、いかに口惜しくとも仰せごもっともで従わざるを得ないような気にさせられた。だが、私はしばらく酒びたりで、酒の狂気が生来の気質に作用し、ますます束縛をいとわしく思うようになっていた。私の口から不満がぽつりぽつり洩れだして、やがて抵抗に変わる。私が心を強くした分だけ相対的に向こうが弱まる、と思ったのは私の幻想だったろうか。とにかく私は希望に燃える感触を得た。もう二度と言うなりになるものかという決意を、胸中に秘めたのである。

一八××年、謝肉祭のローマでのことだった。私はナポリ公爵ディ・ブローリオ邸の仮面舞踏会に出た。ふんだんに供されるワインに酒量は上がる一方で、盛会の人いきれが苦しくてたまらなくなった。どうにか混雑を縫って歩くのも一苦労で、もどかしいことおびただしい。というのも先の目当てがあったのだ。いかなる下心か言わずにおくが、だいぶ耄碌《もうろく》した公爵の、うら若き奔放な美女たる奥方を追っていた。大胆きわまりない自信を見せる奥方に、今宵の衣装をこっそり知らされていたのである。その姿を目にしたと思って、さっそく御前に参ろうと逸《はや》っていたら、ぽんと肩に置かれる手があった。あの忘れもしない低いささやき声が、すぐ耳元で聞こえるではないか。

もう私は怒り心頭に発して、振り向きざまに邪魔者の首根っこをつかまえた。案の定、私そっくりの衣装をつけている。青いビロードのスペイン風マントを身にまとい、腰に巻いた深紅のベルトには剣を帯びていた。顔は黒絹のマスクですっぽり覆っている。

「また貴様か！」

私は怒りに声を荒くして、一つの音を発するたびに、なお怒りの火に油を注がれるようだった。「よくも好き勝手な真似をしてくれたな。これ以上つきまとうことは許さん！　ちょっと来い。それとも、この場で刺し殺してやろうか」

私は舞踏会の広間から次の間へ、つかまえた敵を引っ立てて、ずんずん進んでいった。入ってから、思いきり突き飛ばす。やつは壁に倒れかかってふらふらしていたが、私は罵りの言葉を吐き捨てながらドアを閉め、剣を抜けと言った。すると、わずかに躊躇したようだが、すぐに小さな息をついただけで静かに抜き合わせた男が、構える姿勢をとった。

すぐに決着がついた。私は猛烈に荒れ狂って、一本の腕が百人力にも感じていた。

あっという間の攻勢で敵を板壁に追いつめ、逃れられなくしておいて、残忍無比の凶刃を振るい、相手の胸を何度か刺し貫いた。

　このとき、外からドアを開けるような気配があった。私は大急ぎで掛金を確かめ、ただちに瀕死の敵に向き直った。だが、私の目に飛び込んだ光景がどれほど驚愕すべきものだったか、いかなる人間の言葉でも言い尽くすことはできまい。たったいま目をそらしただけの一瞬に、ドアとは反対の側で、室内が様変わりしたとしか思えなかった。大きな鏡が——混乱した頭で、とっさに姿見だろうと思ったのだが——なかったはずのところに出現して、恐怖の極限状態で近寄った私の前に、私自身の映像が、蒼白の顔を血まみれにして、よろよろと進み出た。

　そのように見えた。だが違った。あいつだ。宿敵ウィルソン。断末魔の苦しみにあって、なお立っている。仮面とマントは脱ぎ捨てたままに落ちていた。これだけの装束、特徴ある顔立ちのどこをどれだけ突き詰めても、一点として私ではない箇所はない！

　ウィルソンだ。しかし、ささやき声ではなくなった。私がしゃべっているのではな

いかと思いたくなる声を出して、

「さあ、おまえの勝ちだ。おれは負ける。だが、これからは、おまえも死んでいると思うがいい。この世にも、天界にも、希望にも、無縁になったと思え。おれがいたから、おまえも生きた。おれが死ぬところを、ようく見ておけ。この姿でわかるだろう。これがおまえだ。どれだけ己を滅ぼしてしまったか知るがいい」

早すぎた埋葬

おもしろくてたまらない物語が書けそうなのに、いざ書いたら恐ろしいだけの一辺倒で、まともな小説にならないということがある。読者への嫌がらせでもないかぎり、そんな題材に手を出すわけにはいかない。もし使い道があるとしたら、真実という厳然たる裏付けを得てからだ。たとえば歴史上の出来事は「楽しめる苦痛」として、強烈に味わうことができる。ナポレオン軍のベレジナ渡河、リスボンの大地震、ロンドンの疫病、セント・バーソロミューの虐殺、百二十三名の英人捕虜が窒息したカルカッタの獄舎、というような話。しかし、これが人の心を動かすのは、史実だから、実話だからである。もし創作だったら、ただの悪趣味にしかなるまい。

いま史上に名高い凄惨な例を挙げたが、こういうものは事件の性質もさりながら、その規模によって印象が強くなる。しかし言うまでもなく、延々とカタログができるほどの人類の悲劇から、まさに惨憺たる苦しみにあえぐ個別の例を挙げるなら、ほかに選びようもあるだろう。大規模な被害は悲劇の総論のようになる。本物の惨めさ、究極の悲しみは、個人に生ずるのであって、薄く広がるのではない。げに恐ろしき苦痛の極みは、個々の人間の体験だ。集団に一律ではない。それだけは神の慈悲に感謝しよう。

もし生きながら埋められるとしたら、人間の運命としてこの上もない恐怖であるに違いない。だが、めずらしいことではないのだ。いかに事例が多いことか、ちょっと考えただけでわかるだろう。生と死を分かつ境界線は、ぼんやりした影のようなものでしかない。どこで生が終わって、どこからが死になるのか、はっきり言えるわけがない。たとえば病気によっては生体機能がすっかり停止したように見えて、じつは一時停止にすぎなかったりする。よくわからない装置が臨時に止まっただけなのだ。いくらか時間がたてば、どこかで謎の原理が働いて、不思議な歯車が動きだす。銀の糸がゆるんだのでも、金の盃が割れたのでもない。それにしても魂はどこにいたのか？　原因があるから結果が出る、というような――つまり、生命の一時停止という周知の事例が多々あるから、したがって生きているのに埋めてしまう場合もあるというような、あたりまえの議論をするよりは、医療および日常の経験にある実例から、いかに多くの生き埋めが発生しているのか見ていこう。必要とあらば、ずらりと百件ほども、折り紙付きの例をならべてみせる。まず瞠目《どうもく》の例を一つ。これについては記憶に新しい読者もあろう。さほど昔のことではない。すぐ隣のボルティモア市で、痛恨事として知れ渡ったものである。高名な法律家、また国会議員として名士であった人物の細君が、得体の知れない急病に取りつかれ、もはや医師には手の施しようがなくなった。細君は苦しんだ末に死んだ。いや、死んだことになった。まさか死んでいないとは誰も思わなかった。思ったはずがない。どう見ても死んでいた。引きつって落ちくぼんだ顔は、いわゆる死相でしかない。色の失せた唇は大理石のようだ。目の光も消えた。冷たかった。脈は止まった。三日間、遺体は埋葬されることなく、石のように硬直していった。まもなく腐乱が始まるだろう。もう葬儀を急がねばならない。

　遺体は地下の墓所に葬られ、静かな時が流れた。三年後に、新しく石棺を入れることになって、墓所の扉が開けられた。すると、扉に手をかけた夫を待ちかまえていたのは、いかなる恐怖の衝撃であったろうか。両開きの戸が引かれると、何やら白く装ったものが、夫の腕の中へがたがたと倒れ込んできた。妻の骸骨だ。死装束《しにしょうぞく》は腐っていなかった。

念入りに調べた結果、おそらく妻は葬儀から一日二日で蘇生したのではないかと思われた。棺の中でもがいたために、棺ごと台から落ちたのだろう。棺は壊れて、妻は歩きだした。墓所内には置き忘れたランプがあり、たっぷり油が入っていたはずなのに、まったく底をついていた。もちろん蒸発してなくなっただけという見方もあろう。墓所内へ降りる階段の最上段には、棺の破片らしい大きな木ぎれが落ちていた。鉄の扉をたたいて外の人間に気づかせようとしたと思われる。そんなことをしながら恐怖のあまりに気絶したか、あるいは息が絶えたのか。いずれにせよ倒れる際に、扉の内側に出ていた鉄の部品に装束が引っかかった。こうして立ったまま朽ちていったのである。

一八一〇年、事実は小説よりも奇なりという説を地で行くような生き埋め事件が、フランスで起こった。主人公はヴィクトリーヌ・ラフルカード嬢といって、裕福な名家の姫君であり、また大変な美人でもあった。求婚者は数知れず。その中にジュリアン・ボシュエなる、パリの貧乏文士というか新聞記者がいた。才能はあり、また人当たりもよい男なので、ご令嬢も目に留めて、おおいに気に入ったのだが、名家の生まれを誇るあまりに結局この男を排して、銀行家であり外交官としても知られたレネル氏なる人物と結婚した。その後、この紳士は妻に冷淡となった。あるいは乱暴な振舞いにおよんだかもしれない。みじめな数年間を過ごしたのちに、彼女は死んだ。少なくとも誰が見ても死んだとしか思われない状態になって埋葬された。地下の墓所ではなく、郷里の普通の墓に埋められたのである。さて、絶望に打ちひしがれながらも、かつて燃やした恋心を捨てられない文士は、都を旅立ち、遠くの村をめざした。死体を掘り起こして、豊かな髪を遺髪として手に入れようとの物狂おしい思いがある。いよいよ墓地へたどり着いた。真夜中に墓を暴き、棺を開けて、髪を切ろうとした刹那である。愛しい人の目が明いたのだから驚いた。まだ死んでいなかった。生命が消え失せたのではない。恋をする男が撫でさするうちに、死と見紛われた昏睡から蘇った。これを男は抱きかかえ、無我夢中で村の宿所へ連れ帰ると、医術の心得がなければわからない、ある強力な気付け薬を用いた。ついに意識がはっきりして、女は誰に救われたのかを知った。こうして男に身を寄せることとなり、薄紙をはぐように回復して、すっかり元気になった。女心は硬い石にあらず。今度の一件に感ずるところがあり、それだけで心はやわらいだ。もう心はボシュエのものである。夫のもとへは帰らず、生き返ったことも隠したまま、駆け落ちのようにアメリカへ行った。それから二十年、二人はフランスへ戻った。これだけの時間がたてば容姿も変わって、知り合いに気づかれることもないと考えた。だが、そうはいかない。レネル氏などは一目見るなり気がついて、まだ離縁したわけではないと言った。これに女は抵抗する。裁判所は女の言い分を認めた。このような特殊な状況にあって、また年月の経過も勘案すれば、いかなる法解釈においても夫側の権利は消滅したとの裁きである。

ライプツィヒに『外科医報』という雑誌がある。名実ともに立派な医学誌であり、アメリカでも翻訳出版されてよさそうなものだが、その最近の号に、まったく残念な事例が載った。

さる砲兵隊の士官である。堂々たる偉丈夫というべき男だったが、荒馬から落ちて頭部を強打し、その場で意識不明になった。頭蓋骨にいくらか損傷があったものの、すぐ命に関わるとまでは思われなかった。開頭手術は成功し、瀉血《しゃけつ》その他の療法が施された。ところが、次第に容態は悪化して、いよいよ深刻な人事不省に陥り、ついに臨終にいたった。

このときは気温が高かったので、いささか性急に埋葬が行われた。とある一般の墓地である。葬儀は木曜日だった。日曜日になって、いつもながら墓参の人々が多かったが、正午頃に一騒動持ち上がった。士官の墓あたりに腰を下ろしていた農夫が、いま地面が動いた、間違いない、下で暴れる人がいるようだ、と叫びだしたのである。ろくに相手にもされなかったが、やけに必死になって言い立てるので、いつまでも放ってはおかれない。大急ぎで鋤《すき》が何本も用意され、あきれるほどに浅かった墓はみるみる掘られて、死人の頭が見えていた。いや、死人のようではあるのだが、棺桶の中でほとんど上体が起きている。もがいて暴れた結果、棺桶の蓋が半ば押し上げられていた。

ただちに最寄りの病院へ運ばれた。酸欠の症状を呈していたが、生きていることは確かだった。数時間後に回復して、知人の顔がわかるようになり、たどたどしい口調ながらも、墓の下の苦しみを語った。

その話から察するに、埋葬されながらも、意識を失うまでに一時間以上は、生きている感覚があったようだ。墓の埋め方がいいかげんで、きわめて粗い土質でもあったために、いくらか通気性が保たれていた。頭の上で足音がしたから、どうにか物音を立てようとしたそうだ。深い眠りから覚めたのは、墓地全体が騒々しくなったからだろう、と言った。覚めてみれば、置かれた状況の恐ろしさもわかった。

この患者は快方に向かったと記録されている。いずれは本復するとの見込みだったところが実験気取りのでたらめ医療が災いとなった。電池につながれ、びくんと天国行きの痙攣を起こしたのである。電気療法にはありがちなことだ。

しかし、電池と言えば、これとは別に思い出すこともある。電気のおかげで息を吹き返した顕著な例だ。ロンドンの若き弁護士が、埋葬されて二日後に蘇った。一八三一年のことである。あちこちで話題になって、おおいに感心されたものだった。

患者はエドワード・ステープルトン氏という。死因は発疹チフスと思われたが、めずらしい症候も出ていたので、医師団の注目を集めていた。臨終となって、遺体を解剖したいとの要請は、故人の関係者に受け入れられなかった。こうなると医者の使う手口がある。とりあえず埋葬されても、あとで掘り出して、じっくりこっそり切ればよいと考える。ロンドンに暗躍する死体泥棒はいくらでもいるから、話は容易にまとまった。葬儀から三日目の晩に、死んでいるはずの体が二メートル以上の土中から発掘され、さる私立病院の手術台に置かれた。

すうっ、と腹部にメスが入ったのだが、これだけ保存状態がよいならば、電気を流してみようかという思いつきが出た。実験を繰り返して、いつものような結果が生じ、特段の観察もなされなかった。ただ、一度か二度、まるで生体の反応に近いような痙攣があった。

夜も更けた。そろそろ明け方に近い。もう一気に解剖してしまうのがよかろうと思われた。ところが、ある一人が自説の検証にこだわって、胸筋に電気を流してみたいと言った。ざっくりと切り込みをつけて、電線を突っ込んだ。すると患者は、急激ではあったが痙攣とも言えない動きを見せて、手術台から起き上がった。部屋の真ん中へ歩き出すと、不安そうな目で何秒かあたりを見回してから、しゃべったのである。

言った内容はわけがわからなかったが、たしかに言葉のようだった。ちゃんと音節になっていた。しゃべっておいて、どさっと倒れた。

しばらくは誰もが愕然として、麻痺したようになっていた。だが、びっくりしている場合ではないと思って、気を取り直す。ステープルトン氏は卒倒しながらも生きているのだ。エーテルを使って手当をすると、氏は一命を取り留めて、急速に回復へ向かい、友人知人とも会えるようになった――とはいえ、逆戻りで死にそうな心配が消えるまで、蘇生したことは医者だけの秘密になっていた。知らされた人々の驚喜がいかばかりだったか、想像に難くない。

しかし、この一件が摩訶不思議である点は、何よりもS氏自身の発言にある。ずっと意識はあったというのだ。つまり、ぼんやりしていたことは確かだが、臨終を告げられてから、病院へ運ばれて手術室で倒れるまで、何もかも承知していたとのことである。わけのわからない言葉は「生きてるぞ」と言ったつもりだった。部屋の様子から解剖されると知り、土壇場で発した声だったのである。

このような史実であれば、いくらでも続きを挙げられようが、もう遠慮しておこう。

生きながら埋葬される事例があるのだとわかればよい。しかも問題の性質として、発覚する可能性が極端に低いことを考えれば、いつのまにか頻々と起こっているだろうと言わざるを得ない。わざわざ墓場へ踏み込んでいって、大々的に掘り返そうとする企画もあるまいから、骸骨がいかなる姿勢になって落ち着いたか、考えてみれば凄まじいが、まず実際に気づかれることはない。

だが、とにかく恐ろしいのは、埋められる側になることだ。もう迷わずに断言してしまおうか。身体および精神に最高度の苦悩をもたらすものとして、生き埋めほどに条件の整った出来事はない。肺が潰れそうになる――地中の毒気に息詰まる――死装束がまとわりつく――狭くて身動きがとれない――黒一色に塗り込められた夜――海のように寄せる静寂――暗闇にひしひしと迫る暴虐な蛆虫《うじむし》――。地上には空気があり草があるのにと思う。親しい友の記憶がある。わが運命を知ったら、すっ飛んで助けに来てくれように、知らせる手立てがないことはわかりきっている。この絶望状態が、死者になるということか。――などなど考えれば、まだ脈を打つ心臓に、ことさら戦慄を走らせるようなものだ。そこまで耐えがたい恐怖には、いかに豪胆な人物でも、たじろがないわけにはいかない。地上の何よりも苦しかろう。おぞましいこと甚だしく、これに匹敵するものは地獄の底にも夢想だにできまい。というわけで、この件をめぐる物語を読めば、深い感慨を催すことになろう。ただ、なにしろ畏怖すべき事柄であるので、おもしろいと思えるかどうかは、話の内容を真実として受け止められるか、ひたすらその一点に係っている。これから語ろうとすることは、この私の実体験、わが身に生じた現実なのである。

数年来、私はおかしな発作に見舞われていた。どの医者に聞いても強硬症という病名をつけるのだが、これといった名称がないだけのことだ。なぜ発病するのか近因も遠因も不明であり、そうと診断されたからといって何がわかったわけでもないのだが、症状だけは見た目にも明らかなものである。異同があったとしても程度の差でしかない。倒れて意識を失うことがある。そうなると一日、もっと短いこともあるが、ただごととは思われない昏睡状態に陥る。外見上ぴくりとも動かない。だが、わずかながらに心臓の鼓動はあり、体温も下がりきってはいない。頰の真ん中に、ほんのりと血色が残る。唇に鏡を近づけると、弱々しく不規則な呼吸機能が停止していないことはわかる。さて、こうした昏睡が数週間ないし数カ月にも及ぶと、どれだけ詳細に厳密に検査をしても、この仮死状態が本物の死とどう違うのか、もはや判然としなくなる。だとしたら、うっかり埋葬されないためには、友人に既往症を心得ていてもらわねばならない。まだ生きているのではないか、いや、なかなか腐乱しないではないか、と思ってもらわねば命が危ない。幸い、徐々に進行する病気である。あやしい兆候は出るが、紛らわしくはない。発作は回を重ねるごとにはっきりして、持続時間が長くなる。おかげで埋められずにすんでいるようなものである。もし最初の発作から極度の症状が見られたら、あっさり墓場に生き埋めという不幸を覚悟せねばなるまい。

私の症状は、医学書にあるような例と、大筋で違っていなかった。とくに目立った原因もないのに、じわじわと半ば失神した状態に落ちていた。苦しくはないが、体がどこも動かないというか、考えることもできないのが実情だ。しかし、おぼろげに生きている意識はあり、寝台のまわりに人がいることもわかっている状態が続くうちに、やっと峠を越えて、ふと正気に返るのだった。また急な発作に襲われたこともある。気分が悪くなり、痺れたような、冷えたような、くらくらっと目眩《めまい》のような、と思ったとたんに、ばったり倒れていた。そうなると何週間も空虚になる。ただ暗くて静かで、無の宇宙と言うしかない。これ以上の滅却はない。だが、急な発作であっても、目覚めるときは案外ゆっくりと浮上した。たとえて言えば、長くさびしい冬の夜、友もなく家もなく街をさまよう浮浪者に、夜明けの光が射すごとく、のろのろと時間をかけて、ようやく来てくれたものとして、魂の光が私に戻るのだった。

この失神しやすいという体質のほかは、まずまず健康だったと言えよう。私自身、とくに持病に悩むという感覚ではなかったかもしれない。ただ、一つだけ気になるとすれば、ふだんの眠りに関して、ある特異体質が見られたことだろうか。つまり寝起きが悪くて、すぐに感覚機能を取り戻せないのだ。いつでも起きてからしばらくの間は、ぼんやりと呆けている。精神の働きが全体に鈍いのだが、とりわけ記憶力がまったく働かなくなっていた。

この疾患では、どこにも痛みがないのだが、心の苦しみだけは際限がない。もう死体になったようなことを考えた。「蛆虫、墓石、碑文」などと口にする。死を思う空想にひたりきる。生きて埋められる不安が脳髄にこびりついて離れなかった。おぞましき危険にさらされているという思いが、日ごと夜ごとに迫りくる。考えることが苦痛になって、それが昼には過度になり、夜には極限に達した。暗黒が地上に広がると、私は恐怖におののき、霊柩車の羽根飾りのように打ちふるえた。自然界がすべて寝静まる時間には、私も仕方なく眠るのだが、目が覚めてから墓場の住人になっていたらと思うと、寝つくまでが苦しかった。いよいよ眠りに落ちれば、もう夢幻の世界に突入した。黒々とした巨大な翼を広げたように、墓が上からのしかかるとしか思えない世界だった。

こうして夢の中の私は、無数の暗い幻影に押しつぶされそうになったのだが、そんな中から一つだけ、ここに記録として残そう。いつもよりなお長く深い昏睡に落ちたらしいと思われたときのこと。突然、ひんやりした氷のような手が、私の眉間に置かれた。苛立った早口で「起きろ」という声が耳元に響く。

私は上体を起こした。まったくの暗闇だ。声の主は姿がない。いつから眠ったのか、どこで倒れていたのか、さっぱり覚えがない。じっと動かずに、どうにか記憶をとりまとめようとしていると、冷たい手が今度は私の手首をつかんで、ぐいぐい引き立て

ようとする。また早口が聞こえて、

「ほら、起きろと言ってるだろうが」

「誰だ」と、私も言い返した。「誰なのだ」

「こっちへ来てからは名無しだ」と、声は哀調を帯びた。「昔は人間、今は鬼。だが昔は非情で、今は有情《うじょう》だ。俺の震えがわかるか？　しゃべっていても歯の根が合わぬ。寒いのではないぞ。果てしもない夜の底冷えのせいではない。ここいらの気味悪さがたまらんのだ。よく静かに寝ていられるものだな。俺はだめだ。苦しがる叫びを聞くと、じっとしておれん。ひどい溜息もあるだろう。これで我慢ができるものか。いいから起きて、ついて来い。夜に分け入るんだ。墓とはどんなものか見せてやる。悲哀の絶景を、とくと見ろ」

　すると、姿なき声の主は、私の手首をつかんだまま、人間の墓という墓をすべて開け放ってみせた。すると、どの墓からも、ほのかに腐乱の燐光が発せられ、墓の中まで見えるようになった。死人の装束を着せられた者どもが、悲壮な眠りの姿勢になって、蛆虫とともにある。だが何ということか。本物の眠りについた死者は、ごく少ない。はるかに大多数の死人が、まったく眠ってなどいないのだ。もぞもぞ身を揉むように動いている。安らかであるわけがない。数知れぬ穴の底で、埋められたときの装束が、もの悲しい衣《きぬ》ずれの音を立てていた。また、すでに静かな死体となって落ち着いた中にも、埋葬時の堅苦しい姿勢からは多かれ少なかれ動いたと思える者が、おびただしい数に及んでいた。すると、びっくりして見ている私に、さっきの声が言った。

「どうだ、哀れな光景であろうが」しかし私には応じる言葉もなく、もう声の主は手を離していた。燐光は消え、ばたんと墓が閉まった。その中から絶望の叫びが洩れて、これまた「ああ、神よ、哀れな光景ではないのか」と聞こえた。

このような幻影が夜な夜な現れていたのだが、やがて覚めている時間にまで大きく張り出して猛威を振るうようになった。私は全神経を切りはずされたようになって、ひたすら恐れおののくばかりだ。馬車にせよ徒歩にせよ、およそ自宅から遠ざかる行動はとりたくなかった。いや、ともかく私の病気を知っている人から、片時も離れられなくなった。いつもの症状が出て、ろくな診断もせずに埋められたらかなわない。親しい友人でさえも、どこまで面倒を見てくれるか疑わしかった。いつもより昏睡が長引いた場合に、もう見込みはないと言われて納得してしまわないか、あやしいものだ。それどころか、手のかかる病人がいつまでも目を覚まさなかったら、これ幸いと厄介払いの口実にしないだろうか。絶対に大丈夫だと確約されたが、そんなことで私の不安は消えなかった。死体が腐りだして保存のしようがなくなるまでは、何が何でも埋めてくれるなと言い、神かけて誓わせてやった。それでもまだ私は疑心暗鬼で、およそ理屈には耳を貸さず、どんな慰めも受け付けなかった。自分でできることは着々と手を打った。たとえば、わが家の墓所に改装を施し、中から簡単に開けられるようにした。内部へ向けて長いレバーを取り付け、ちょっと押せば鉄の扉が大きく外へ開く仕掛けだ。空気も光も、よく通るようにした。また食物と水の容器を置かせた。私の棺から、すぐ届くようになっている。この棺には、ふんわり暖かい内張りをした。さらに、外の扉と同じ考え方だが、こちらにはバネを仕掛けて、ほんの少しでも体が動けば、棺の蓋がはずれるようにした。それだけではない。墓所の天井から大きな鐘を吊り下げて、その鐘につながった紐が、棺の穴を通して遺体の手に結びつけられるものとした。ああ、しかし、いくら用心したとしても、運命に逆らえるものだろうか。

せっかく工夫を凝らした安全装置も、生きて埋められる運命にある者を、その極まりない苦悩から救うことはできなかった。

さて、時が来た。もちろん初めてではない。まったく意識を失っていた私が、薄ぼんやりした覚醒に向かっているようだった。じりじりと亀の歩みのような移ろいがあって、私の精神にうっすら夜明けの光が射してくる。ほのかに不安らしきもの。いくらか鈍痛があるのかもしれない。だからどうということもないような――。だが、しばらく間があって、耳に響く音がある。それから、もっと長い間があって、手足の先に痺れたような感覚。するとまた、永遠かとも思われる心地よい無為の静寂。でも目覚めかけた感情が思考としてまとまろうともしている。ふっ、とまた無に沈みそうになって、いきなり回復する。ついに瞼《まぶた》がぴくっと動き、あとは一気に恐怖の電流が走る。えらいことだ。こめかみから心臓へ、血液が奔流となる。やっと真剣に考えようとしている。やっと思い出そうともしている。記憶が出かかってくる。かなり失地を回復して、現状の認識が始まる。これは眠りから覚めるというだけのものではない。そう、私は病気だったのだ。どっと海が押し寄せたように、わが震える魂は、あの恐ろしき危険に呑み込まれる。とりついて離れない悪霊のような、あの観念に圧倒されている。

こんなことしか考えがおよばなくなってから、なお数分間、私は身じろぎもせずにいた。なぜか。まだ動こうとする度胸がなかったのだ。こうなった運命を甘受するだけの気力がなかった。それでも心のどこかに、間違いない、と囁きかけるものがある。もう絶望だ。何が悲しいといって、こんな絶望をもたらすのは、この悲しさだけだ。なかなか踏ん切れなかったが、ようやく絶望に押されるようにして、私は重い瞼を上げていった。目を開けた。暗い。真っ暗だ。もう発作は収まったらしい。体の不調としては危機を脱している。だったら、ものを見ることはできるだろう。ところが暗い。真っ暗ではないか。永遠に終わらない夜の、一条の光もない徹底した暗闇。

大声で叫ぼうとした。唇と乾いた舌が引きつって動いても、肺から声が出てこない。ただの空洞でしかなくなった肺は、大山《たいざん》の重みにのしかかられたようで、どうにか必死で息を吸おうとするのだが、そのたびに心臓と一緒になって、はあはあ喘いでいるだけだ。

しかも顎の動きがおかしい。叫ぼうとしてわかった。このように固定されたとは、いかにも死人のようである。硬いものの上に寝ているようでもある。その硬いものが体の横にもあるらしく、左右ともに狭苦しい。このときまで手足を動かしていなかったが、もう思いきって腕を上げようと思った。両腕ともまっすぐ伸びて、手首で交差していた。だが手を突き上げたら、堅い木材らしきものにぶつかった。せいぜい顔の上十五センチくらいに木材があって、私の体と平行に伸びている。こうなると疑う余地はない。ついに納棺されてしまった。

いよいよ運の尽きかと思いきや、希望という優しい天使が来てくれた。このために備えをしたのではないか。私は体をよじって、棺の蓋を開けようと、ぎくしゃく動いてみた。効き目がない。手首には鐘の紐が、と探ったのだが、紐はない。これで救いの神は飛び去った。さっきより恐ろしい絶望が覇権を握った。あれだけ入念に仕上げた棺の内張りがないのだから、そういうことになる。湿った土の匂いが、ぷんと鼻をつく。もう考えることは一つしかない。ここは予定した墓所ではない。家から遠いところで気を失ったのだ。まわりに知る人もなく、いつどうして倒れたのか覚えはないが、とにかく行き倒れとして犬の死骸のように埋められた。ありきたりな棺に釘を打たれ、どこにでもありそうな墓場の土中に、深く、深く、永遠に埋め込まれてしまった。

こんな情けない結論を魂の奥まで突きつけられて、なお私は必死の叫びをあげようとした。すると今度は声が出た。わめき散らすような苦悶の声が長く引いて、暗夜の地下世界に響いた。

「おい、どうしたんだっ」と、荒い声の応答があった。

「何がどうなってんだ」と、別の声がする。

「出てこい」また別の声。

「山猫じゃあるまいし、ぎゃあぎゃあ騒ぎやがって」と、第四の声が言う。それからの数分間、私は引っつかまれ、揺さぶられて、手荒な一党に遠慮もなくあしらわれた。眠りを覚まされたのではない。叫んだときには起きていた。だから、この時点では、すっかり記憶を呼び覚まされたと言うべきなのである。

ヴァージニア州リッチモンド近郊での事件だった。私は友人と二人で狩猟に出かけ、ジェームズ川の岸を数マイル下っていた。日が暮れて、急な嵐に見舞われた。庭土を積んだ帆船が岸辺に停泊していたので、その船室へもぐり込むしか雨風をしのぐ手立てはなかった。これ幸いと利用させてもらって、船に一晩泊まることにした。船内にちょうど二つだけ寝台があったが、六十トンか七十トンの帆掛け船だ。どんな寝床なのか、あらためて言うまでもあるまい。私がもぐったところに寝具らしきものはなかった。横になってみると、幅は五十センチあるかないか。甲板が寝床の天井だが、その高さも幅と変わらない。やっとのことで体を押し込めたのだった。そのくせ、ぐっすり眠ってしまった。私が見た世界は——これはもう、ただの夢でも悪夢でもなく、このときの視界だったとしか言えまいが——当然の結果として決まっていた。寝ていた姿勢。ふだんの考え。前述のような寝起きの悪さ。とくに記憶の回復が遅くて、目覚めてからしばらくは頭がはっきりしないこと。私を揺さぶったのは、船の乗員と、荷下ろしに来た作業員だった。積み荷からして、土の匂いがしたのは当たり前だ。顎を縛って固定されていると思ったのは、いつものナイトキャップの代用で、絹のハンカチをすっぽりかぶっていたのだった。

とはいえ、このときの私は、実際に埋められたのも同然の苦痛を味わっていたに違いない。いやはや途轍《とてつ》もないおぞましさだった。だが災い転じて福ということもある。いやというほどの苦痛が逆療法になって、私の精神に反動が生じたらしい。私の魂に張りが出た。しっかり落ち着いた。おおいに遠出をするようになり、思いきり体を動かした。天空の気を吸った。死よりもほかのことを考えた。医学の本は処分した。バカンの『家庭医学』を焼き捨てた。ヤングの『夜の想い』も読まなくなった。まことしやかな墓地伝説、おどろおどろしい怪談を読まなくなった。つまり、この話のような話を一切読まないことにした。生まれ変わって、新しい暮らしに入ったということだ。あの記念すべき夜以来、私は死にまつわる心配との縁を切った。そうしたら持病も消えた。あれこれ考えたから病気になっていたのかもしれない。

たしかに、冷静な理性の目で見ても、悲しき人間の世は、地獄にも似た様相を呈することがある。だが人間はあくまで人間であって、地獄の洞窟をすべて見てまわったら、おかしくなるに決まっている。たしかに、墓場に出没する恐怖の軍団には、すべて幻想として片付けられないものがある。だがオクサス川を下るアフラシブに魔物がついていた、というのはペルシャの伝説。現実の世界では、幽鬼には眠っていてもらわねばならぬ。さもなくば人間が取り殺されてしまう。眠っていてもらおう。さもなくば人間が死んでしまう。

モルグ街の殺人

海の精《セイレーン》がいかなる歌を歌ったか、
女に紛れ込んだアキレスがいかなる名を名乗ったか、
難問であるには違いないが、まったく知力を越えることでもない。
——サー・トーマス・ブラウン

分析を好む人間とは、どんな人間なのだろう。これ自体、なかなか分析しづらいことである。発揮された結果としてしか目に見えない。この才能が抜群であるとしたら、分析の作業は楽しくて仕方ないだろう。たとえば怪力の持ち主が、おのれの身体能力に歓喜して筋肉の技を楽しむように、分析家は「解きほぐす」精神の営みを誉れとする。この才能を稼働させられるのであれば、つまらない用事であっても、喜んで引き受けることができる。謎や奇問や絵文字を好む。どの一つを解いたにせよ、その洞察力は常人には超自然の働きとしか思えない。じつは整然とした方法を究めた結果であるのだが、まるで直観でしてのけたような雰囲気を漂わす。

問題解決の能力は、数学を勉強すれば鍛えられるかもしれない。とくに微分だの積分だのという高等な数学がよさそうだ。ただし「解析学」と称することには疑義がある。分解して元をたどるような印象があるから、そういう名前がよいと思われるのだろうか。しかし計算すなわち分析ではない。たとえば、チェス。計算はするが分析に及ぶものではない。チェスについては、性格への影響という観点からして、だいぶ誤解が広まっているようだ。いや、筆者は何も学術論文を書こうというのではない。いささか風変わりな物語に序をつけたくて、取り留めのないことを書きだしたのだが、この際ついでに言ってしまえば、高級な思考能力が要るのは、チェスよりもチェッカーではないのか。素朴なチェッカーであってこそ思考が役に立つ。チェスは手が込んでいるが深くはない。それぞれの駒がてんでな動きをして、強かったり弱かったりの等級があるから、おおいに複雑ではあるのだが、よくある勘違いで、深遠なゲームと思われている。チェスでものを言うのは集中力だ。一瞬でも気が緩むと、どこかに見落としが生じて痛手を蒙る。それで負けるかもしれない。指し手は多種多様。ひとひねりも二ひねりもする。見落としの危険性は高い。対戦する二人のうちで、鋭敏かどうかよりも、集中力にすぐれた者が、まず九分通りは勝ちを収めることだろう。ではチェッカーはというと、どの駒の動きも同じで、行き先の変化に乏しいから、不注意に陥る可能性は低い。ひたすら集中という場面は減って、優劣を分けるのは鋭い判断力である。具体例として、キングに成った駒が四つだけ残っているとしたらどうか。もちろん見落としのある局面ではない。こうなると条件は五分と五分で、知力を振り絞った結果としての妙手だけが、勝負を決めることになろう。もはや定石のようなものはない。すぐれた分析力の持ち主が、相手の心に飛び込んで、そこから考えていくならば、かなりの確率でしかるべき手筋を看破できるだろう。往々にして馬鹿らしいほど単純なのだが、どうすれば敵を失策誤算に誘い込めるか、一瞬で見通すのである。

いわゆる計算力なるものの養成には、ホイストが効果ありとされている。このトランプ遊びに対しては、最高の知性を有する人々が、おかしなくらいの愛好ぶりを見せる。チェスは底が浅いとして取り合わず、ホイストをおもしろがる。たしかに、同種の遊びの中では、これほど分析力を要求するものはなかろう。チェスであれば、キリスト教世界で最高の棋士であっても、棋士として最高であるにすぎまい。だがホイストに優秀であるならば、人間が精神の働きを競い合うあらゆる真剣な営みにあって、好成績を収める可能性がある。いま優秀と言ったのは、公正に戦って主導権を握る方途を知りつくしている、というような完成度だ。この方途はまったく多種にして多様、しかも常人には理解の及ぶべくもない思索の深みに潜んでいることが少なくない。たしかに、しっかり観察すれば鮮明な記憶が残るという限りでは、集中力にすぐれたチェスの棋士がホイストでも頑張れるだろう。またホイル氏によるトランプ教本を見ると、そもそもゲームの基本から説き起こしたようなものなので、一般人にもわかりやすく思われよう。そんなわけで、記憶力がよいこと、教科書どおりに進むことが、すなわち上手なことなのだ、と考えるのが常識になっている。しかし分析家の技量が発揮されるのは、法則を越えた領域だ。そういう達人はいつのまにか大量の観察と推論をこなしている。いや、分析家でなくても観察や推論はするだろうが、どこが違うかというと、推論の当否というよりは観察の質によって、得られる情報量に差がついている。ここで必要なのは、何を観察の対象にするか知ることだ。限定する謂《い》われはない。またゲームという目的のためには、ゲーム以外の論拠も活用すればよい。味方の顔色を読んで、敵方二人の顔とじっくり見くらべる。手に持ったカードのそろえ方はどうか。目の動きからして切札役札は何枚ありそうか。表情の変化にも気を配る。自信ありげか、意外な顔か、勝てるつもりか、口惜しそうか。わずかな差でも情報として集積する。一回勝ってカードを集めている相手に、ふたたび同じスートでの勝算はありやなしや。カードを出した様子からすると、どんなフェイントを仕掛けたいのか。ぽろっと洩れた言葉は何か。うっかり落としたかひっくり返したカードを、必死に隠すか無造作にしまうか。取ったカードを数えながら、どう並べているか。まごつく、ためらう、のめり込む、どきどきする――などという全部が、まるで直感のような認識力に受け止められ、正しい情勢判断のための指標となる。こうして二ラウンドか三ラウンドも終われば、各自の手の内がすっかり読めていて、すべてのカードが表向きになったも同然に、思惑どおりのプレーができる。

この分析力を、ただの発明と混同してはならない。分析家は同時に発明家でもあるが、その逆は言えない。発明はできるのに分析となると形無しという事例は多かろう。発明の才覚は、ものを組み合わせて作る技術力として発現するのが普通で、これを骨相学では一つの基本能力と考え、(私は間違いだと思うが) 発明専用の器官を脳の一部に想定したのだった。しかし、ほかに取り柄はないが、ものづくりだけは上手だという情けない知性も世に見受けられ、道学者には話題として喜ばれている。発明工夫と分析能力には大きな差があるのだ。たとえば空想と想像の差よりもずっと大きいが、素質の異同としては似たようなものだろう。発明は空想から始まり、真の想像には分析がともなう、と言って然るべきである。

ここからの物語は、右の所説への参考として読めるのではないかと思う。

一八××年の春から初夏にかけて、私はパリに住んで、C・オーギュスト・デュパン氏なる人物を知った。若い紳士である。名家の出であって——いや、じつに由緒正しき名門の末というべきだったが、いろいろと不本意な出来事が重なり、気力まで衰える窮乏を強いられて、もはや世間で頭角を現そうとか、家運を盛り返そうとか思ってはいなかった。ただ一応は債権者が猶予してくれたおかげで、わずかながら残った遺産があり、それを元手にした収入もあったので、切り詰めてさえいれば、どうにか暮らしは立っていた。よけいな買い物はしない。もともと道楽と言えば本が好きなことだけで、またパリは書物の出回っている町だった。

初めて会ったのは、モンマルトル街の薄暗い貸本屋である。偶然、同じ稀覯《きこう》書をさがしていたとわかって、初対面でも打ち解けることができた。それからは何度も会った。詳しく語られる家族史が、私には興味深いものだった。フランス人の通例で、自身を主題とする場合には、およそ腹蔵のない語り方をしていた。畏れ入るほどに博学でもあった。そして何よりも、私の魂にまで火が燃え移ってくるような、熱烈な、鮮烈な想像力を感じさせた。私がパリに滞在していた目的からしても、このような人物と親交を結べたらありがたい、まさに奇貨であると思い、率直にそう言ってみると、結局、私の滞在中は居を同じくするという話がまとまった。いくらか暮らし向きに恵まれていた私のほうが経費を負担させてもらうとして、さる古色蒼然たる館を見つけ、双方の気質にある薄暗い奇想趣味に合った調度を整えて落ち着いた。怪しげな言い伝えがあって長らく無人だったようだが、そんなことには二人ともこだわらない。フォーブール・サンジェルマンの侘びしい一隅にあって、いまにも崩れそうな館である。

ここでの生活が世人の知るところとなったら、おそらく精神の異常を疑われただろう。といって無害な酔狂でしかない。まったく隠遁していた。客は寄せつけない。もっとも私の知り合いには引きこもった先をひた隠しにしたのだし、デュパンは何年も前からパリ市内の誰とも没交渉になっていたから、来客のあろうはずがない。ひっそりした暮らしになった。

幻想癖、としか言いようがないと思うが、デュパンは夜を愛していた。好きだから好きなのだ。ほかにも少なくなかった奇妙な性癖に、まもなく私も落ちていった。とんでもない着想に耽溺するようになった。だが夜という黒衣の女神は、いつも降臨してくれるわけではない。そこで夜を模造することにした。夜明けの光が射すと同時に、ずっしり重い鎧戸《よろいど》を閉めきり、蠟燭を二、三本つけた。香りの強い細身の蠟燭は、おぼろげな妖光としか言えないものを投げていた。そういう微弱な光に助けられ、魂を夢幻の世界で活動させてやった。読み、書き、語る。そのうちに時計が鳴って、本物の暗闇が訪れた刻限を知らせる。そうなれば腕を組んで夜の町へ出撃し、昼間の話題を続け、あるいは縦横に足を延ばして、いつしか夜も更けた大都会の光と闇の中に、静かな観察がもたらす無限の高揚感を求めていた。

そのような折々に、デュパンの豊かな思考力からして予想がついたとは言いながら、いかにも鋭い分析の冴えを見せられて、驚嘆を禁じ得ないことがあった。デュパン自身も、この能力を見せびらかすわけではないとしても、発揮することは愉快に思っているらしく、やっていて楽しいのだと明かした。ふふっ、と笑いを洩らしつつ、この自分にとっては、たいていの人間は胸に窓をつけているようなものだ、と自慢げに語る。これが空威張りではない証拠に、私の胸の内をきれいに読みとってみせたりもした。そんなときのデュパンは、すうっと冷え込んだように生身の人間とは思えず、虚ろな目の色になっていた。ふだんは響きのよいテノールが急に声域を上げて、声音だけなら怒った人のように聞こえたかもしれないが、発せられる言葉は一語一音まで明瞭だった。こうした気分のデュパンを見ていると、古い哲学にある二重霊魂の説を考えさせられたものだ。一人のデュパンが二人いるという空想がおもしろかった。創造するデュパン、分解するデュパン。

ただ、いま言ったことで思い違いをされても困る。なにも綺談怪談を書こうとしているのではない。このフランス人について述べたことは、知性の緊張が高まったというか異常に昂進した結果と言うべきものである。では、そうなったデュパンがどんな言動をしていたのかというと、これは一つの例で示すのがわかりやすかろう。

ある夜、パレ・ロワイヤル付近に延びた薄汚い道を、そぞろ歩いていた。二人とも考えごとに耽るというようで、もう十五分は一言も発していなかったところへ、いきなりデュパンが言った。

「たしかに小男だから、出るならヴァリエテ座がよかろうよ」

「まったくだね」と、つい答えてしまった私は、すっかり考え込んでいたために、ぴたりと調和したことを突拍子もなく言われたと気づくのが遅れた。一瞬の間をおいて、やっと頭がまわると、今度は心の底から驚いた。

「デュパン――」という声が重くなる。「わけがわからない。面食らってにわかに信じがたいと言わせてもらうよ。知りようがないだろうに。なぜ僕が――」

私は言葉を止めて、いま心にあった名前を本当に知られているのか、確かめようとした。

「――シャンティイのことを思ったか、だろう。念を押すまでもないよ。あれだけ小柄だと悲劇には不向きだと考えていたじゃないか」

ずばり当てられていた。デュパンの言うとおりで、私が考えていたのはサン・ドニ通りで靴直しの職人だったシャンティイという男のことである。芝居狂いが高じて一念発起し、クレビヨン作『セルセ』なる悲劇で主役を演じてみたものの、さんざん揶揄《やゆ》されて骨折り損に終わった。

「どうなってるんだ」と、私は口走った。「やり方があるなら教えてくれ。どうすれば心の底までのぞくようなことができるんだ」

これでも控えめに言ったくらいで、じつは度肝を抜かれていた。

「果物屋だよ。そこから出発して、いくら何でも靴屋では背が足りないと思ったはずだ」

「また頓狂なことを。果物屋に知り合いはないぞ」

「この通りへ折れたときに、危なかったじゃないか。十五分ほど前だったかな」

そう言われてみれば、さっきC街から表通りへ出てこようとして、大きなリンゴの籠を頭にのせた男と出会い頭にぶつかりそうになった。ただ、それがシャンティイとどう関わるのか、さっぱり見当がつかなかった。

ここで人を煙に巻きたがるようなデュパンではない。「では種明かしをしよう。だが得心してもらうためには、君が考えていた筋道を逆にたどる必要がある。僕が口をきいた時点から、果物屋に出くわした時点まで、さかのぼっていこうか。鎖の輪のつながりを大筋で言えば――シャンティイ、オリオン座、ニコル博士、エピクロス、石切の術、路面の石、果物屋」

たいてい誰にでも経験があろう。考えた末の結論までの道を逆行するのは、やってみると案外おもしろいものである。とくに初めての場合には、出発点と到達点がでたらめにかけ離れていたように思えてびっくりする。デュパンの言うことを聞いて、図星と思わざるを得なかった私の驚きは、そんなものだったろう。デュパンの話は続いた。

「たしかC街を抜けながら、馬の話になったろう。そのあとは黙って歩いた。大通りへ出ようとしたら、果物屋とすれ違いざまに、舗装工事で重なっていた敷石の上へ押しのけられていたね。足場が悪かったせいか、滑ったはずみに足首をひねりそうになった。いささかご立腹の体《てい》で、ぶつくさ言いながら積んである石を振り返り、また歩きだした。さほどに気をつけて見ていたわけではないが、このごろの僕は観察が身についてしまっている。

「しばらくは、まだ地面に目を落としていたっけ。おもしろくもなさそうに舗装のでこぼこを見ていたようだ。ということは、まだ石のことが頭から離れていない。それからラマルティンという小路まで来たら、舗装が変わったものになっていた。ずらしながら並べたブロックを釘止めするという試みだ。これを見た顔が明るくなって、いくらか唇を動かしたようだったが、石切の術《ステレオトミー》と言ったのが読めたよ。こんな舗装のことで、えらく凝った言葉を持ち出したものだが、語呂合わせの連想として原子《アトミー》へ行ったね。そうなると原子説でエピクロス。つい先だって、そんな話をしたじゃないか。ギリシャの哲学者が漠然と考えたことが、いまの天文学でいう星雲の説で裏付けられる。めずらしい一致なのに、あまり評判になっていない、というようなことを言っただろう。だから、きっと目を上げて、オリオン座の大星雲を見るのではないかと思った。そうなるだろうと見当をつけたら、そうなった。君の思考をたどれたという証拠のようなものさ。また、きのうの『ミュゼー』に載った酷評では、芸名を使ったシャンティイに意地悪く当てこすりながら、ラテン語の引用が持ち出されていた。僕らにはお馴染みの一行だよ。

最初の文字は昔の音を失った

これがオリオンにまつわる引用だという話もしたね。以前にはウリオンと書いたのだが、その事情にはなかなか味なものがあったから、まだ忘れてはいなかろう。とすれば、オリオンとシャンティイが結びつかないことはあるまい。口辺に笑みを浮かべた様子からして、どうやら結びついたと察した。靴屋もひどい目にあったものだと思ったろう。それまでは前屈みに歩いていたのが、すっと背筋を伸ばしていたね。シャンティイの柄が小さいと考えてそうなったのだな。ここで僕からも口を出してみた。たしかに小男だから軽演劇のほうがお似合いだ——」

こんなことがあった日からまもなく、デュパンと私が『ガゼット・デ・トリビュノー』の夕刊を見ていると、ある記事が目についた。

「奇々怪々の殺人事件。——本日未明、午前三時頃、サンロック地区において、住民の眠りを覚ます悲鳴が相次いだ。モルグ街にある居宅の四階から聞こえたものと思われる。レスパネー夫人、その娘カミーユ・レスパネー嬢が、二人で暮らしていたとされるが、しばらく待っても応答がないので、金てこで門扉《もんぴ》を壊してから、近隣の八名ないし十名ほどが警官二名とともに入った。もう悲鳴はやんでいた。しかし一行が急いで二階へ上がろうとすると、さらに上階から、激しく言い争うような複数の声が聞かれた。三階まで行くと、その声も消えて、家の中は静まりかえっていた。一行が分散して各部屋をまわったところ、四階奥の大きな部屋で（内部から施錠されていたドアを突破したのだが）、驚異というよりも戦慄の光景が展開されていた。

「室内は混乱の極みにあった。家具類が打ち壊され、飛び散っている。一台だけのベッドからマットレスがはずれて、部屋の中央に出ていた。血まみれの剃刀が椅子に載っていた。炉辺には、長い毛髪が二束、三束と、これまた血まみれで落ちていた。まとめて頭皮から引き抜かれたものだろう。また床の上で見つかったのは、ナポレオン金貨が四枚、トパーズのイヤリング、銀の大匙《おおさじ》が三本、やや小ぶりな洋銀の匙が三本、鞄が二つである。鞄には合計四千フランほどの金貨が入っていた。部屋の隅にあった箪笥は、すべて引き出しが開いて物色のあとは歴然だが、かなりの品物が残っていた。鉄製の小型金庫がマットレスをかぶせられ、鍵が扉に挿さったままで開いていた。この金庫には古い手紙が数通、および反故《ほご》同然の書類しか見つかっていない。

「レスパネー夫人は、まったく姿が見えなかった。しかし暖炉に落ちていた煤《すす》の量が普通ではないので、その上の煙突を調べてみたところ、語るにおぞましくも、娘の遺体が見つかり、頭を下にして引き出された。狭い空間に全身がもぐるほど、押し込まれていたのである。まだ温もりの残る遺体の各所に、激しい擦過傷《さっかしょう》が見られた。押し上げられ、引き下ろされた結果であろう。顔面は引っかかれて傷だらけになっていた。頸部には黒ずんだ圧迫痕《あっぱくこん》および深い爪痕《つめあと》が残っていて、絞殺の疑いを抱かせるものであった。

「さらに邸内をくまなく捜索したが、もはや新発見がないので、家の裏手へ出ると、小さな舗装した庭で、レスパネー夫人が死体となって見つかった。首はほぼ切断され、死体を起こそうとした際に、頭部が落ちてしまった。この頭部とともに、胴体の損傷も甚だしく、ほとんど人体の原形をとどめていなかった。

「この恐るべき怪事件に、目下のところ、まったく手がかりはないと思われる」

翌日の新聞に、詳しい続報が載った。

「**モルグ街の惨劇**。この尋常ならざる恐怖の事件について「フランス語の事件《アフェール》には、昨今の英語にありがちな浮ついた意味は、まだ生じていない」、多くの参考人が取り調べを受けたが、謎の解明にはいたらなかった。ここに有意の証言をすべて掲載する。

「ポーリン・デュブール。洗濯係。二人の洗濯物を引き受けたので、三年前から面識があった。被害者は仲の良い親子で、争いがあったとは思えない。仕事の報酬は良かったが、どういう収入があったのか知らない。L夫人は占い師だったのではないか。小金を貯めているとの噂だった。洗濯物の受け渡しのために出入りしたが、いつ行っても他人が来ている様子はなかった。使用人も置いていなかったはずだ。家具調度は四階にしかなかったと思う。

「ピエール・モロー。たばこ屋。かれこれ四年ほど、刻みたばこ嗅ぎたばこを小分けして、レスパネー夫人に売っていた。この界隈に生まれて、いまでも住んでいる。被害者親子は、現場となった家に移って、もう六年の余になるだろう。以前には宝石の職人が住んでいて、上階を幾人にも又貸しした。所有者は初めからL夫人である。おかしな使い方をされたくないということで、みずからが移り住み、どの部屋も人に貸さなくなった。年のわりに子供っぽい人だった。娘のほうは六年間に五、六回しか見ていない。親子だけのひっそりした暮らしで、金には困らないとの噂だった。占い師だろうと近所で耳にしたことはあるが、そうとは思わない。他人が家へ入るところは見なかった。せいぜい荷物屋が一回か二回、また医者が十回も来ただろうか。

「ほかにも同様の証言が、近隣住民から得られた。足繁く訪れた者はないらしい。L夫人と娘に現存する縁故があったかどうか不明。表側の雨戸は閉めきりに近かった。裏側も、四階奥の広間を例外として、開いていたためしがない。なかなか立派な家であり、さほど古くもない。

「イジドール・ミュゼ。警官。現場に到着したのは午前三時頃。二十人から三十人程度が入口前に集まり、中へ入ろうとしていた。しかたなく銃剣でこじ開けた。金てこではない。苦もなく開けられた。扉は二重の折りたたみ式で、上下方向に掛かる錠がないのだった。それまで続いていた悲鳴は、扉を開けるのとほぼ同時に止まった。単独または複数の人間が、ひどく苦しがって発する悲鳴のようだった。大きな声が長く引いたのであって、短い音の連続ではない。先頭に立って階段を上がった。二階に着いたところで、激しく争う二つの声がした。野太い声と、はるかに甲高く異様な声だった。前者については、いくらか言葉らしく聞こえた箇所がある。フランス人男性のようだった。女の声であるはずがない。「さ、こら」、「でやっ」と言ったのだろう。また甲高い声は外国人ではないか。男女の別はわからない。言った内容もわからないが、スペイン語だと思う。室内および遺体の状況について、この証人の供述は昨日の報道の通り。

「アンリ・デュヴァル。住民。銀細工師。邸内へ入った一団にいた。おおむねミュゼの証言と一致する。扉をこじ開けると、すぐに閉め直した。あの時刻でありながら、野次馬がふくれあがる一方で、締め出しておく必要があった。甲高い声はイタリア人だったと考える。フランス人とは思えない。男かどうか自信がない。女であってもおかしくない。イタリア語の知識はない。単語はわからないが、音調からすればイタリア人だろう。L夫人および娘とは顔見知りで、何度も話したことがある。甲高い声は二人のどちらでもない。

「――オーデンハイマー。料理店経営。みずから証人として名乗り出た。フランス語は苦手なので、通訳を介して聴取。アムステルダムの生まれ。悲鳴があった時刻に、たまたま通りかかった。悲鳴は数分間続いた。十分だったかもしれない。大きく長く引いた。まったく悲痛な声だった。この証人も邸内へ入っているが、いままでの証言とは一つだけ異なる点がある。甲高い声は男だという。フランス人男性である。何を言ったのかはわからない。早口の大声で、乱れがあり、どうやら怒りながら怯えているようだった。ざらついた声だった。甲高いというより、ざらついていた。甲高いのとは違う。太い声のほうは何度も「さ、こら」、「でやっ」と言っていた。一度だけ「もう、だめ」と聞こえた。

「ジュール・ミニョー。銀行業。ドロレーヌ街で息子と共同経営。レスパネー夫人には資産があった。──年［八年前である］の春に、口座を開設している。少額ながら度重なる入金があった。ずっと預け入れるだけだったのが、殺される三日前になって来店し、四千フランを引き出した。これは金貨で支払われ、行員が一人ついて自宅まで送り届けた。

「アドルフ・ル・ボン。ミニョー銀行社員。事件三日前の正午、レスパネー夫人に同行し、四千フランを二つの鞄に分けて運んだ。玄関が開くとL嬢が現れ、鞄を一つ受け取った。もう一方は夫人が引き受けてくれたので、頭を下げて辞去した。周囲に人影はなかった。さびしい横道である。

「ウィリアム・バード。仕立屋。邸内へ入った。イギリス人だが、二年前からパリに在住。階段を上がる際には、ほぼ先頭にいた。争う声を聞いた。太い声はフランス人である。「さ、こら」と「もう、だめ」が聞き取れた。このときは数人でどたばた動くような音がした。こする、引きずる、という音だった。甲高い声は非常に大きく、太い声を上回っていた。イギリス人とは思えない。ドイツ人らしかった。女の声だったかもしれない。ドイツ語はわからない。

「右の証人のうち四人が、再度の喚問に際して、L嬢の遺体があった部屋は内部から施錠されていたことを証言した。すでに静まりかえって、人声、物音はなく、突入してみれば無人だった。表側裏側の二室とも、窓は中からしっかりと閉められていた。この二室はドアがあって行き来できる。鍵はかかっていなかった。表側の部屋から廊下へ出るドアは、中から鍵が挿さって閉まっていた。四階の廊下を表側へ突き当たると小ぶりな部屋があって、ドアは半開きになっていた。この部屋は物置同然に、古い寝台、箱などがあった。すべて検証されている。邸内は一分の隙もなく捜索しつくされた。煙突という煙突が、下から何度も突き上げられた。四階建ての一軒家で、いわゆるマンサード屋根の下に屋根裏の階がある。はね上げ式の扉が屋根に一箇所見られたが、頑丈な釘で打ちつけてあった。長らく開閉された形跡はない。争う声が聞かれてから部屋のドアを突破するまでの経過時間は、証言によって異なる。三分とも五分とも言われた。開けるのに手間取ったことは確かである。

「アルフォンソ・ガルシオ。葬儀屋。モルグ街の住人で、生まれはスペイン。邸内へ入った。階段は上がっていない。もともと気が弱いのでやめておいた。争う声は聞いた。太い声はフランス人だろう。言った内容はわからない。甲高い声はイギリス人で、それは自信がある。英語はわからないが、音調で判断できる。

「アルベルト・モンターニ。菓子屋。階段を上がる先頭に近かった。声は聞いている。太い声はフランス人で、いくらか聞き取れた。たしなめるような口調だった。甲高い声はまったくわからない。早口で乱れていた。ロシア人の声だと思う。大筋において他の証言と一致する。自身はイタリア人で、ロシア人と話したことはない。

「再喚問における数名の証言によれば、四階は各部屋とも煙突が細いので、人間の出入りする余地はない。煙突を『突き上げた』というのは、掃除人が使う円筒形のブラシを、何度も差し入れたということである。邸内の煙突には、すべて同様の点検がなされた。階段を上がる一行の目を逃れて、逆方向へ降りていけるような裏口はない。レスパネー嬢の遺体は煙突に強く押し込まれ、四、五人が力を合わせなければ引き下ろすこともできなかった。

「ポール・デュマ。医師。夜明け頃、検視を依頼された。すでに被害者は二人とも、L嬢の発見された部屋で、布張りだけになった寝台に置かれていた。若い女性の遺体はひどい外傷を受けて表皮剝脱が見られた。煙突に押し込まれて引きずり出されたのだから無理もない。喉に強い力が加わっていた。顎の直下に深い引っかき傷が数箇所、また青黒い痕跡が指で押したらしい形状に残っていた。顔は見るも無惨に変色して、眼球が飛び出していた。舌を嚙んだようで、ちぎれる寸前だった。みぞおちの大きな圧迫痕は、おそらく膝で押さえつけられたものだろう。レスパネー嬢の死因は、単独犯または複数犯による絞殺と鑑定する。母親の遺体は、すさまじい損壊を受けていた。

右脚と右手の骨は、ほぼ壊滅状態にあった。左の脛骨《けいこつ》、また左側の肋骨《ろっこつ》には、すべて亀裂が生じていた。全身に打撲、変色が見られる。これだけの被害をもたらす方法となると、見当がつかなかった。重い棍棒か、太い鉄棒か、あるいは椅子か、ともかく大型で重量級の鈍器を振りまわす怪力の持ち主であれば、こういう撲殺にもなったろう。いかなる凶器によっても女性には無理な犯行である。被害者の頭部は、検視の時点で、すでに切断されており、損壊も甚だしいものだった。首を切ったのは、きわめて鋭利な刃物、おそらく剃刀ではあるまいか。

「アレクサンドル・エティエンヌ。外科医。デュマ医師とともに検視にあたる。同医師の証言および所見と一致する。

「さらに数名からの聴取が行われたが、これ以上に意味のある証言は得られなかった。いかなる点においても謎だらけの殺人であって、パリの犯罪史上でも稀に見る怪事件と言えよう。警視庁の捜査が完全に行き詰まっているのも異例の事態である。いまだに手がかりらしきものは見えない」

夕刊にも記事が出て、サンロック地区が騒然としたままであることを伝えた。二度目の現場検証が行われ、事情聴取が繰り返されたが、成果はなかったという。だが記事は最後に、アドルフ・ル・ボンが逮捕され拘置中であると書いていた。ただし既報の事実関係を記すのみで、いかなる容疑なのか不明である。

デュパンは事件の展開に興味津々のようだった。いや、何も言わないのだから、そうと察せられたのだが、ル・ボンが逮捕されたとまで読むと、君はどう思うかと切りだした。

そう言われても、パリ市内の誰とも同じで、ただただ謎の怪事件と思うしかない。犯人をたどる手立てなど、まるで見当がつかなかった。

「こんな上っ面の捜査で、手立てを云々してはいけない」と、デュパンは言った。「炯眼《けいがん》をもって鳴るパリ警視庁だが、せいぜい目端が利くというだけさ。やることに方法論がない。場当たりなのだね。いわば物差しはいくらでも繰り出せるが、往々にして尺度と目的が合っていない。そんな話が『町人貴族』に出るね。室内楽を聴きたいから室内着を持ってこいと命ずるじゃないか。たしかに警察が意外な手柄を立てることもあるが、まずは懸命に頑張った結果でしかあるまい。頑張ってだめだと、どうしようもなくなる。かのヴィドックも、なかなかの名探偵ぶりで奮闘したが、思考の錬磨がない悲しさで、熱心な捜査が空回りしていた。対象に目をくっつけすぎたのではないかな。だから一つか二つの点だけは殊の外《ことのほか》はっきり見えるのに、かえって全体像を見失ってしまう。深すぎる、ということがあるのだな。真実とは井戸の底にあると限ったものではない。いや、むしろ大事なことについて言えば、真実は浅いところにあると思う。どうしても深い谷間を探したくなるのだが、じつは山のてっぺんで見つかったりするのだよ。どこがどうなって間違いが生じるかというと、たとえば天体の観察を考えるとよくわかる。網膜は内側よりも外縁のほうが微弱な光に感度がよいので、星に流し目をくれるとでも言おうか、外縁を向けてやれば、はっきり星が見えてくる。光を最大限に受けられる。正面から見ようとするほど星は薄らぐ。もちろん真正面から見れば目に入る光量は増えるのだが、微妙なとらえ方としては横からがよいのだね。むやみに深く突き詰めると、考えることがあやふやになる。いつまでも星空を見つめたら、金星だって見えなくなるかもしれない。

「今回の事件については、こうと決めつけないで、僕ら自身が乗り出そうじゃないか。

調べてみるとおもしろいかもしれない。［穏やかな言い方ではないと思ったが、私は黙って聞いていた。］それにまあ、ル・ボンという男には、ちょっと世話になったこともあるんだ。やはり現場へ行って、この目で見てみよう。警視庁のG総監とは知り合いだから、しかるべき許可も出るはずだ」

その許可が下りて、私たちはモルグ街へ急いだ。リシュリュー街からサンロック街へ抜ける裏町然とした道である。着いたときは夕方近くになっていた。私とデュパンの家からだと、かなりの距離がある。現場はすぐにわかった。いまだに物見高い見物人が、道路向かいから、閉めきりの雨戸を見上げているのだった。ありきたりなパリの家である。入口の脇に番小屋のようなものがあって、ガラスの引き窓に「守衛詰所」の表示が出ていた。だが、このときは素通りして、横丁へ折れ、また曲がって、家の裏手を行き過ぎた。この間デュパンは、家だけではなく近隣にも目を光らせていた。細かい神経を使っていたようだが、私には何をしているのかわからなかった。

また正面へ戻って、今度は呼び鈴を鳴らし、担当官に許可証を見せて、中へ入れてもらった。階段を上がる。レスパネー嬢の遺体が見つかった部屋だ。ここに二体とも寝かされていた。もちろん室内も荒らされたままに保存されている。どうやら新聞が報道した通りで、それ以上のものはない、と私には思われた。デュパンは詳細な点検を怠らなかった。遺体すら例外とはしない。それから各部屋をまわり、裏庭へ出た。ずっと警官が一人ついてきていた。こうして調べるうちに暗くなって、ようやく帰途についたのだが、道すがらデュパンは、とある新聞社に立ち寄っていた。

この男の着想が一様ではないことは申し上げた。そこで私としては、フランス語なら Je les ménageais で、なかなか英語では言いづらいのだが、ともかく当たらず障らずに対処したと思っていただきたい。このときのデュパンは、事件について一切の対話を受け付けない雰囲気になっていた。そのまま翌日の昼頃になって、いきなり私に問いかけた。惨劇の現場で何か変わったことに気づかなかったかというのである。

この「変わった」のところに力が入った具合には、なぜか知らないが、ぞくりと震えの来るような感触があった。

「いや、とくに変わったということは、新聞の記事以上にはなかったんじゃないか」

「あの『ガゼット』という新聞は、残念ながら、事件の異常性に踏み込んでいないようだ。ま、しかし、駄文は捨て置くとしよう。不可解な謎とされる理由を考えれば、だからこそ簡単に解けると思えてくる。奇怪な様相を呈しているから解きやすいのではないかな。警察は動機がつかめなくて困っている。ただの殺人というよりは、ああまで残虐に殺した動機がわからないのだね。また争い合う声のことでも悩んでいる。声が聞こえたというのに、上の階にはレスパネー嬢が死んでいただけで、しかも上がってくる一行には知られずに逃走する方法があったとしたら、まったく辻褄が合わないというのだろう。それにまた室内の混乱、煙突で逆さまになっていた死体、母親の遺体の凄まじい損壊、その他あれこれの要因を考えあぐねて、さしもの炯眼を誇る天下の警視庁がすっかり無力になっている。だが異常だから難解だと思い込むのは、よくある重大な失態だ。じつは常軌を逸しているところが理詰めで追う手がかりになって、真相をさぐっていくこともできように。今回のような捜査では、何があったかというよりは、いままでにない何があったかを考えるべきだろう。これから謎を解決するのは、いや、もう解決したようなものなのだが、警察の目に難事件と見えるのに比例して、僕には容易なことだと思える」

そう聞いた私は、ただ目を丸くするばかりだった。

デュパンは「いま人を待っているのだよ」と言いながら、ドアのほうへ目をやった。

「惨殺に手を下したとは言えないまでも、いくらかの関わりは免れない人物だ。凶悪な部分については無実なのだろうが、まあ、そんな推測が正しければありがたいね。さもなければ読めたはずの全体像が崩れてしまう。すぐにでも、ここへ——この部屋へ——来てくれるだろうと思っている。もちろん来ない可能性だってあるが、来る確率が高い。もし来たら、お帰りいただくわけにはいかない。ほら、ピストルがある。いざとなったら使い方はわかっているだろうね」

私はピストルを受け取ったが、ほとんど手につかず、また耳を疑う思いだった。デュパンは独白めいた語りを続ける。こういうときのデュパンが現実離れしたようになることは、すでに申し上げた。たしかに私に向けて話しているのだが、その大きくもない声で遠くの人に語ろうとするようだ。虚ろな目は壁だけを見ていた。

「階段を上がる一行は争い合う声を聞いているが、女性二人の声でなかったことは証拠がそろっている。おかげで一つの論点を考えなくてよくなった。つまり夫人が娘を殺してから自殺したという線はない。また何にせよ、あんな殺害方法だったのだからね。レスパネー夫人の力では、娘を逆さまに煙突に押し込むなど、できる相談ではなかろう。また自身の損傷を考えても、あれが自殺とは思われない。ほかに犯人がいたのであり、その声が争うように聞こえたということだ。では、ここで別の見方として、声に関わる証言というよりも、その証言自体を考えよう。なにか特徴らしきものに気づかなかったか?」

そこで私は、太い声についてはフランス人だという一致を見ているが、甲高い声、ざらついたとも言われた声には、ひどく意見が分かれている、というようなことを言った。

「そう、その点が証拠になる。だが、意見が分かれたことが特徴なのではない。それだけでは何の手がかりにもならない。まだ目のつけどころがあるんだ。なるほど太い声については証言が一致した。異論は出ていない。しかし甲高い声には、ただ一致しないという以外の特徴がある。証人のうち、イタリア人、イギリス人、スペイン人、オランダ人、フランス人が、それぞれ外国人の声だったという言い方をしている。自分の国の言葉でないことだけは確かなのだろうが、どこかの外国語を知っていて、それを話す声だとは言っていない。むしろ逆だ。フランス人は、スペイン人の声だろうと言いながら、もしスペイン語を知っていたら、いくらか単語がわかったかもしれないという。オランダ人はフランス人の声だと言うが、フランス語はわからないから通訳を介して証言したとも伝えられる。イギリス人はドイツ人の声だと言うのに、ドイツ語がわからない。スペイン人はイギリス人の声だと自信たっぷりだが、英語を知らないから音調で判断しただけだ。イタリア人はロシア人の声だと言いつつ、ロシア人と話したことはない。第二のフランス人など、第一のフランス人とも違っていて、あれはイタリア人のはずだと言う。その言葉を知らないが音調でわかったと言ってのけるのは、スペイン人と同じだね。こんな証言が出てくるとは、さぞかし変わった声だったのだろうよ。その声音だけ考えても、ヨーロッパ五大国の人間が、いずれも異質だとみなしている。だったらアジア人ではないか、アフリカ人はどうだ、と言うだろうね。どちらもパリの住民には少ない。もちろん推論としては排除しないが、とりあえず三つの点だけ整理しよう。ある証人は、甲高いというよりざらついた声だと言う。二人の証人が、早口で乱れがあったと言う。いかなる単語、また単語らしき音声も、まったく判別されていない」

「さて、ここまでの話で――」と、デュパンは続けた。「どんな印象を持たれたかわからないが、これだけの証言からでも――つまり太い声と甲高い声に関する証言だけでも――当然に導き出せる結論があって、そこからまた容疑が生じ、おのずと捜査の方向が決まる。いま当然の結論と言ったが、いささか舌足らずかもしれない。そうとしか考えようがないという意味だ。生じる容疑もまた、それしかあり得ない帰結になる。いかなる容疑かは、まだ言わずにおくが、ひとつ覚えていてくれ。僕としては充分な見込みが立っていて、あの部屋を検分した際には、もう方針が定まっていた。

「では想像をめぐらして、また現場の室内にいると考えよう。まず求めるべきものは？　犯人が脱出した方法だ。まさか超自然の現象があるとは思うまい。母と娘が幽霊に殺されたわけではないからね。犯人は実体のある存在で、その実体が逃げおおせた。どうやって？　幸い、ここで成り立つ推理は一つだけだ。したがって確かな判断へ進むことにもなる。脱出の可能性を一つずつ検討しようか。殺人犯はレスパネー嬢が見つかった部屋にいたはずだ。あるいは隣の部屋だったかもしれない。このとき一行が階段を上がってくる。だとしたら二つの部屋のどちらかに出口があったとしか思えない。警察は家捜しを徹底して、床板も天井も壁も調べつくした。もし秘密の出口があるなら見つかっていただろう。だが僕は警察の目に頼りきることなく、自分の目で見直した。どちらの部屋も、廊下へ出るドアが施錠され、鍵は内側についていた。では煙突はどうか。暖炉から上へ三メートルほどは通常の幅があるが、ずっと先まで行けるかというと、大型の猫でも無理だろう。ここまでの方法がどれも不可能であるなら、あとはもう窓しかない。表側の部屋は、通りに集まった人の目もあることで、こっそり抜け出すわけにはいかなかったろう。だったら奥の部屋の窓だ。さて、こうして筋道を立てたのだから、いまさら迷ってはいけない。あり得ないと見えても、じつは不可能ではないと示すだけのことだ。

「奥の部屋に窓は二つある。一つは家具に隠れることもなく、すっかり見えている。もう一つは下のほうがベッドに隠れている。ずっしり重そうなベッドの上端が押しつけてあるのだ。よく見える窓は、しっかり戸締まりされていた。力まかせに持ち上げようとしてもだめだった。窓枠の左隅に錐で穴をあけ、丈夫な釘をしっかり差し込んであった。もう一方の窓にも、似たような釘が刺してあるのが見えた。やはり力では持ち上げようがなかった。この時点で警察は窓からの逃走はないと断定した。したがって、釘を抜いて窓を開けるという行為は、思慮の外となった。

「僕はもっと的を絞って検証した。いま言った理由から、当然そうなるんだ。一見あり得ないことが現実にあったと証明する、その瀬戸際なんだからね。

「事実を前提して逆算した。窓が出口だったことは間違いないとする。だったら、中から戸締まりしてあった窓を、犯人が閉め直したはずがない。これは当たり前のことだから、もう警察は窓の検分をやめてしまった。たしかに窓枠は固定されていたが、それなら自動的に閉まるのではないか。まあ、そう考えるしかなかろう。障害物がないほうの窓辺へ行って調べたら、どうにか釘を抜くことはできたので、窓枠を上げようとした。いくら頑張っても上がらなかったのは予想どおりだ。どこかにバネの仕掛けでもあるに違いない。そうであれば辻褄が合って、前提は正しかったことになる。あとは釘についての謎が残っているだけだ。とにかく、ちゃんと調べればバネは見つかったよ。一応は押してみたが、見つかりさえすればよいと思って、もう窓を上げることまではしなかった。

「さて、釘を元に戻して、つらつら考えた。ここを出た犯人が外から閉めて、バネの力が掛かったとしても、この釘までは元通りになったはずがない。出てくる答えは明快だ。さらに絞り込まれたと言うべきだね。もう一つの窓から逃げたのだろう。二つの窓のバネ仕掛けは同じものだと考えるのが妥当として、違うのは釘ではないのか。少なくとも釘の刺し方が違うのではないか。そこで布張りだけになっていたベッドに乗って、このベッドを押しつけてある窓際を丹念に調べた。手を下に伸ばしてさぐったら、造作もなくバネを押すことができた。やはり似たような仕掛けだった。では釘だ。これまた丈夫な太い釘で、見たところ、ほぼ完全に刺さっていた。

「ここで僕が行き詰まったと思うだろうか。そうだとしたら、観察と推理の本質をわかっていないと言わせてもらうよ。たとえば猟犬が匂いを失うようなことは、僕には一度もなかった。思考の連鎖に切れ目はない。最後まで謎を追いつめていって、その先にあったのが釘なのだ。どこから見ても、さっきの窓にあった釘とそっくりで、もう仕方ないと思えるかもしれないが、そんなことは一顧だに値しない。ここで手がかりが途切れたということが、よっぽど大事な手がかりだ。この釘がおかしいに違いない、と思って手を出せば、何ミリかつまんで、ぽろっと抜けた。途中で折れていたのだ。昔からそうなのだろう。錆が出ていたからね。金槌でたたいたのではないかな。釘の頭だけ、いくぶんか窓の下枠にもぐっていた。その跡になったところへ、うまいこと釘を戻したら、中で折れているとは思えなかった。外から見てもわからない。バネを押して、ちょっとだけ窓を上げてみた。釘の頭もついてきたよ。ずれて落ちることはない。窓を閉めたら、しっかり釘が刺さったように見えていた。

「これで謎は謎でなくなった。殺人犯はベッドの上の窓から逃げた。それから自然に下がったか、あるいは犯人が閉めたのか、ともかく窓はバネの仕掛けで固定された。バネの力で開かなくなっていたのを、警察は釘で留まっていると見たのだね。だから窓の検証が足りなかった。

「さて、次に考えるべきは、どうやって降りたかということだ。この点では、裏へまわって歩いたのが役に立ったよ。窓から一メートル七十センチばかり横に、避雷針が立っている。普通なら窓には届かないだろうし、いわんや窓から侵入することはできまい。ところが四階の雨戸は、パリの大工がフェラードと称する特殊なものだ。いまではめずらしくなったが、リヨンやボルドーの旧家では見受けられる。よくある形をした一枚の扉で、折りたたみ式ではない。だが上半分が格子状になっている。手を掛けるには好都合だ。今回の場合、扉一枚の幅がたっぷり一メートルはある。裏から見上げたときは、二枚の扉が半開になっていただろう。つまり、どちらも壁と直角になっていた。おそらく警察だって裏手を調べたのだろうし、幅のある扉を見なかったわけもなかろうが、それでいて幅を見逃したことになる。窓からの脱出は不可能と思い込んでしまえば、捜査がいいかげんになるのも無理はない。しかし、ベッドのあった窓の雨戸が、壁にくっつくほどに全開だったとしたら、避雷針までの距離は、せいぜい六、七十センチ。ということは、よほどに身軽で度胸のある賊ならば、窓への侵入も果たせたのではないか。七十センチほど手を伸ばし、雨戸が全開だったとして、その格子部分をつかまえる。避雷針からは手を離し、足を壁につけて、思いきり蹴ったとしたら、雨戸は大きく回転しただろう。もし窓が開いていたとすればだが、雨戸の閉まる勢いに乗って、室内へ飛び込めたのではなかろうか。

「ここで覚えておいてほしいことがある。いま僕は、よほどに身軽で度胸があれば、と言っただろう。こんな危ない曲芸を演ずるには、そうでなければならないね。だが、あり得ないことではないと、まず言いたかったのだ。じつは、もっと言いたいことがある。つまり、まったく異常な、ほとんど不自然な能力がなければ、できない軽業ではなかったか。

「まあ、反論はあるかもしれない。裁判のような言い方をすると、本件を立証するためには、かくなる能力に寄りかかって考えるべきではない、だろうね。だが法律と理性では、執行の仕方が違うのだ。僕は真相が明らかになりさえすればよい。とりあえず二つのことを突き合わせて考えよう。まったく異常な運動能力と、まったく特殊な甲高い（または、ざらついた）乱れのある音声。この声についての証言では、どこの国の言語なのか一致せず、しっかりした音節が聞かれてもいない」

　ここまで来て、デュパンの言いたいことがわかりかけてきたような、中途半端な認識が、私の心をよぎった。いや、わかる寸前で止まった気がする。たとえば何か思い出しそうなのに、どうしても出てこないというような感覚だ。デュパンの話は続いた。

「すでに論点が変わったと思うだろう。脱出から侵入へと移っている。どちらも同じ要領で、同じ窓から行われたと言いたかったのだ。では、もう一度、室内の様子を考えよう。どんな状態になっていたか。引き出しは荒らされていたが、衣類はかなり残っていたという。このへんからは、つまらない結論しか出ないね。ただの推量、ばかな当てずっぽうでしかない。残っていたのか、初めからそれだけだったのか、わかるわけがない。母と娘は引きこもった暮らしをしていた。来客はない。めったに外出しない。衣装をそろえる必要はなかったろう。あったものを見るかぎり、たしかに上々の女物だった。もし盗みが目的なら、なぜ上等の品を置いていったのか。なぜ全部盗らなかったのか。いや、ずばり言うなら、なぜ四千フランの金貨を放っておいて、わざわざ衣類など持ち出すのか。金貨は残っていたんだ。銀行のミニョー氏が言った金額とほぼ一致して、袋のまま床に置いてあった。したがって、金を動機とする愚かしい考えは捨てなければならない。行員が運んで届けたというので、警察の頭脳には金目当ての犯行という説が浮かんだ。しかし、金を届けてから三日で人が殺されただけだろう。そんなことより十倍もおかしな偶然が、いつでもどこでも起こっていて、誰も何とも思わない。偶然なるものは、確率の理論を教わらなかった人には、つまずきやすい障害物だね。この理論のおかげで、人類の輝かしき研究が、その輝かしき成果を世に問うているのだが——。今回、もし金貨が消えていたのなら、三日前に届いたということが偶然ではすまなかったかもしれない。動機として符合したかもしれない。しかし、あの現場の状況で、あれほどの凶行をやってのけて、なお金銭が動機だと言えるものだろうか。だとしたら、ひどく頭の取り散らかった犯人が、金も動機も忘れて逃げたと考えるしかなくなる。

「では、いままでの注意点をしっかり踏まえた上で——つまり特殊な声、異常な敏捷性、あきれるほどに動機のない残虐非道、ということを考えて、殺害そのものを見てみよう。一人の女性が手で首を絞められ、頭を下にして煙突に押し込まれた。普通の殺し方ではない。何と言っても死体の処理方法がおかしい。ああして煙突に詰めるとは怪奇の度が過ぎる。いくら人非人の仕業としても、人間の常識と相容れない行動だとは思えないか。しかも、あの狭い空間だよ。どういう力の持ち主だろう。数人がかりでやっと引きずり出したほど、無理に押し込めてあったのだからね。

「まだある。やはり驚異の怪力だったと思わせる状況だ。暖炉の前には毛髪がまとまって落ちていた。白髪まじりの毛が大量にあったろう。力まかせに抜いたのだ。髪の毛は、二十本か三十本抜くだけでも、かなりの力が必要だよ。ところが、あの凄惨な抜かれようはどうだ。はがれた頭皮が血まみれで毛根にこびりついていたじゃないか。一度にどれだけむしり取ったか知らないが、とんでもない力だったことは間違いない。また夫人の喉は、ただ切られたと言うよりも、首の切断になっていた。それだけの凶器が剃刀でしかなかった。というわけで、犯行の獣じみた激しさを見ておくべきだと思う。ほかの外傷については、もう言うまい。デュマ医師および補佐したエティエンヌ医師の所見では、鈍器によるものとされていた。なるほど、その通りだろう。ただし、ここで言う鈍器とは、裏庭の敷石だ。ベッド側の窓から落とされたのだよ。わかってしまえば簡単だが、警察は見逃していた。雨戸の幅と同じことで、例の釘の問題から、窓が開いていた可能性に対して、自分たちの知覚を密閉したのだね。

「と、まあ、いくつかの事情があって、さらに室内のおかしな荒らされ方を考えれば、論点はまとまってくる。たまげるほど身軽で、人間離れした力があり、野獣のように激しく、動機もなく人を殺し、人間性のかけらもなく猟奇的で、各国の人間の耳に異質と聞こえる声がして、言葉らしい言葉として認知されていない。だったら、どんな結論になるだろう。聞いていて、どんな印象が浮かんだかな？」

デュパンに尋ねられて、私は鳥肌の立つような思いをした。「狂人の仕業だろうか。乱暴な変質者が、そのへんの施設から逃げたのではないか」

「そう、あながち外れてはいないね。しかし、たとえ狂って発作を起こしたとしても、階段の一行が聞いたという特殊な音声とは、整合性に欠けるだろう。どこかの国の人間であれば、わけのわからないことを言ったにせよ、わけのわかる音節にはなるものだ。それに、人間の毛は、ほら、こんなものではあるまい。レスパネー夫人が握りしめていたのを、失敬して持ってきた。この毛は何だと思う？」

「デュパン！」私は肝を潰した。「何だ、これは。人間のものではない」

「そうさ、人毛とは言っていないよ。だが、その前に、ちょっと見てくれ。紙にスケッチしたものがある。原寸大で写したと思ってよい。これまでの表現で言うと、レスパネー嬢の喉にあった『黒ずんだ圧迫痕および深い爪痕』に相当する。また二人の医師の証言では、『青黒い痕跡が指で押したらしい形状に残っていた』とされるものだ」

「このように見てのとおりで」と、デュパンは紙をテーブルに置いた。「ぎゅっと摑みかかったことがわかる。すべった跡はなさそうだ。どの一本の指も、おそらく被害者が事切れるまで、恐ろしい握力を弱めることはなかったろう。では、ためしに手をあてがってみたまえ。それぞれの痕跡に、自分の指を当てるんだ」

私の手では広げきれなかった。

「ふむ、実験としては適正でないかもしれない」と、デュパンは言った。「いま紙を平面上に置いているが、人間の首は円筒形だからね。この薪を使おう。直径が手頃だと思うよ。紙を巻いて、もう一度、手を当ててみてくれ」

ところが、さっきよりも難しいくらいだった。「こりゃだめだ、人間の手ではないね」

「この文章を読むといい。キュヴィエが動物学の本に書いている」

大きな茶褐色の動物について、詳細に身体の特徴が記されていた。東インド諸島産のオランウータンである。堂々たる体格、非常な筋力・運動能力、凶暴性、模倣する習性などは、すでに周知であろう。私にも事件の恐ろしい性質が呑み込めた。

「ここに書いてある指の説明は」と、私は読み終えて言った。「スケッチにぴたりと一致するね。こういう痕跡を残せたのは、この種のオランウータンのみということか。茶色っぽい体毛も、キュヴィエの研究にある動物と同じだ。しかし怪事件の謎がすべて解けたわけではない。それに、争う声は二つだったのだろう。一つがフランス人男性だったのは、ほぼ確かだが」

「そのとおり。また『もう、だめ』と言ったように聞こえたという証言が、だいぶ多かったね。さらには菓子屋のモンターニが、たしなめるような声だったと、的を射たことを言っている。この二語が全面解決への頼みの綱だ。つまり事件を知っていたフランス人男性がいるのだよ。おそらくは、いや、まず間違いないと思うのだが、その男が惨劇に手を貸したわけではあるまい。オランウータンを飼っていて、逃げられたのではないかな。追いかけていって、現場の部屋までは突き止めたのかもしれないが、そのあとの事情が事情だから、手に負えなくなったろう。まだ捕獲していないはずだ。しかし、このあたりは推量であって、ただの推量としか言いようがないのだから、とくに詮索はしない。たいして奥行きのない根拠であれこれ考察したところで、僕自身が納得しない。他人に解説できると言えたものでもない。だから、あくまで推量として話をする。もし問題のフランス人が、こちらの仮定どおり、凶行には関与していないとするならば、この広告がものを言うはずだ。きのうの晩、帰りがけに新聞社へ寄って頼んでおいた。『ル・モンド』という新聞は、海運業の記事をよく載せるから、船員が読むことも多い。うまく引っかかれば、やって来るだろう」

デュパンに新聞を渡されて、読んでみると——

捕獲ずみ。ブーローニュの森にて、当月——日、早朝［つまり事件の翌朝である］。大型で茶褐色のボルネオ産オランウータン。所有者（船員、マルタ船籍と判明）が身元を証明し、捕獲収容の実費支払いに応ずれば、返却も可。フォーブール・サンジェルマン——街——番地四階まで来られたし。

「いや、それにしても、なぜ船員とわかったんだ。しかもマルタ船籍とは」

「わかったわけではない」と、デュパンは言った。「自信はない。しかし、ほら、これを見てくれ。何かを結ぶ紐のようだろう。この手の紐であって油染みているということは、長い髪の毛を束ねた紐ではないかな。船乗りが好むやり方だ。それに結び目からして、まず船乗りしか心得ていないものだし、マルタに特有でもある。避雷針の根元に落ちていたのを拾ったんだが、被害者の持ち物ではなかろう。といって、もし紐の推理がはずれていて、船員でもマルタでもなかったとしても、広告に書いたことが害をなすとは思わない。問題のフランス人は、僕が何かの事情で勘違いをしたと見るだけで、どんな事情なのか首を突っ込もうとはするまい。だが、この推理は、当たれば大当たりになる。男が事件を知っていて、なお無実であるならば、広告に応じようか迷うのが当然だろう。オランウータンを返してもらうべきかどうか。つまり考えることは――自分は悪いことをしていない、だが金はない、オランウータンは価値がある、貧乏人にとっては財産だ。びくついて二の足を踏んでいたら、むざむざ手放すことになる。なに、わけはなかろう。ブーローニュの森で見つかったというではないか。殺しの現場からは遠く離れている。あんな動物に嫌疑のかかるはずはない。警察は行き詰まっていて、手がかりらしきものがない。たとえ動物がつかまったとしても、この俺が事件を知っていたという証拠はない。また、知っていただけで罪を着せられるわけがない。それに何より正体を知られたようだ。広告を出したやつは飼い主の目星をつけている。どこまで知られているのかあやしいが、値の張るものを預かったと言われて名乗り出ないのでは、いわくつきの動物であると知らせるようなものだ。俺にしても動物にしても、ここで目立ってはいけない。うまいこと返させて、ほとぼりが冷めるまで隠しとおすとしよう――」

このとき階段を上がる足音がした。

「いいかい」と、デュパンは言った。「ピストルは大丈夫だろうね。だが、合図をするまでは撃つなよ。見せるまでもない」

玄関は開けておいたので、男は呼び鈴も鳴らさず、階段に歩を進めたらしい。だが、上がりきらずに迷ったようだ。まもなく降りていく音に変わった。デュパンが素早くドアへ向かおうとすると、また上がってきた。もう男は後戻りせずに、意を決して進み出ると、ノックの音を響かせた。

「どうぞ」デュパンは快活な声を出した。

男が入った。やはり船乗りのようだ。長身で、筋骨隆々として、向こう気の強そうな面構え。そう悪い人相ではない。おおいに日焼けした顔は、半分以上ひげに埋もれている。大きな樫の棍棒を持っているが、喧嘩支度で来たのではなかろう。不器用に頭を下げて、「今晩は」と言った。いささか野暮くさい訛りはあったが、まずまずパリの人間だろうと思わせた。

「まあ、お掛けなさい」と、デュパンは言った。「オランウータンの件でお見えですね。まったくもって羨ましいかぎりだ。あれはいい。貴重なものをお持ちですな。年齢はどのくらいとお考えだろうか」

船員は重荷を下ろしたように一息ついた。答える声に安堵が出ている。

「はっきりとはわかりませんが、四歳、五歳を超えちゃいないでしょう。この家にいるんで?」

「いや、いや。ここには施設がありませんから、デュブール街の貸馬屋に預けましたよ。すぐ近所です。あすの朝には引き渡せるでしょう。所有者たる証明はよろしいですな?」

「はあ、できます」

「こうなると手放すのが惜しいくらいだ」

「そりゃあ、お手間とらせたんですから、ただ返していただこうとは思っちゃおりません。お礼はさせてもらいます。ま、それ相応ってとこで」

「ごもっとも。ありがたいお話だ。そうですな、何をいただきましょうか。お、では、こうしましょう。ご存じのことを全部お聞かせ願いたい。モルグ街の殺人について」

この最後のところを、デュパンは低く落とした声で、静かに言った。そして、また静かに、ドアに近づき、施錠すると、その鍵をポケットにしまった。懐からピストルを抜いて、あわてる素振りもなくテーブルに置く。

船乗りは息が詰まったように顔を真っ赤にした。立ち上がって棍棒をつかもうとしたが、すぐ椅子にどっさりと坐り込んで、がくがく震えだした。死んだような顔色だ。ものが言えなくなっている。見ていて、つくづく哀れに思えた。

デュパンは穏やかに言って聞かせた。「あわてることはない。よけいな心配は要りませんよ。こちらには何の恨みもない。紳士たる名誉、フランス人たる名誉にかけて誓いましょう。害意はないのです。モルグ街の凶行に手を下していないことは、とうに承知している。だが、知らぬ存ぜぬとは言わないほうがよろしい。ここまで申し上げたのだからおわかりだろうが、私には事件を知る手立てがあった。まさかとしか思われないでしょうが、まさかなのですよ。あなたには未必の故意さえもなかった。そういう罪にはなりますまい。いや、盗みを働こうと思えば、まんまと盗んで逃げおおせたはずだ。やましいことなどないでしょう。そんな理由はない。しかし、名誉という観点からは、すべて打ち明けるしかありませんな。いま無実の男が拘束されている。その罪状について、真犯人を言えるのは、あなたなのですよ」

船員はデュパンの言葉にだいぶ落ち着きを取り戻していたが、もう気の強さは失せていた。

「こうなったら仕方ありません」と、ひと呼吸おいて語り出す。「洗いざらい申し上げましょう。まともに聞いてもらえるかどうか、信じてくれと言うのもおこがましいのですが、決して悪いことはしておりません。もう観念して、腹を割ったところを申します」

その話は、まとめれば以下のようなものである。つい先頃、東インド諸島への航海があり、ボルネオへ上陸して、気晴らしに仲間と奥地へ行った。ある男と二人でオランウータンをつかまえたのだが、この相棒が旅の空で死んでしまい、自分だけが飼い主となった。なかなか手に負えない動物で、連れ帰る苦労はあったものの、どうにかパリの自宅へ入れることができた。といって近隣の噂になってもつまらないので、絶対に外へは出すまいとしていた。オランウータンは船上で足に棘を刺していたから、その傷が治るまでは留め置いて、いずれは売るつもりだったのである。

殺人のあった夜、ないし未明というべきだろうか、船乗り同士の遊びから帰ると、オランウータンが寝室にいた。納戸へ押し込めておいたはずなのに、抜け出したらしい。剃刀を手に、石鹸の泡だらけになって、鏡の前に坐り込み、ひげ剃りの真似をしている。納戸の鍵穴から飼い主の行動を見ていたに違いない。えらいことになった。野獣が刃物を持って、しかも振りまわす能力があるのだから、どう対処したらよいのだろう。だが、これまでは言うことをきかせられた。暴れそうになっても鞭を使って黙らせた。今回もそうしようと思ったが、オランウータンは鞭を見たとたんに部屋を飛び出し、階段を降りた。さらに運悪く開いていた窓から、表通りへ逃げてしまったのである。

青くなって追いかけた。猿のやつは剃刀を持ったまま、ときどき立ち止まっては振り返り、追ってくる人間に手振り身振りを見せつける。やっと追いついたかと思うと、すっ飛んで逃げる。そんな追いかけっこが、しばらく続いた。街はひっそり静まり返っていた。そろそろ午前三時になる。モルグ街の裏手にかかったところで、逃げている猿の目に、窓を洩れる光が映った。レスパネー夫人邸の四階で窓が開いていたのだった。駈け寄った猿は、避雷針を見つけ、するすると登った。信じがたい身軽さだ。壁に向けて全開だった雨戸に手を掛け、そのまま回転してベッドの枕元に達した。これだけの離れ業に、ものの一分とかからなかったろう。蹴った力でふたたび雨戸が開いて、オランウータンは室内にいた。

さて、船乗りには喜ばしくもあり困ったことでもあった。もう逃すものかという気持ちは強かった。勝手に罠に掛かってくれたも同然で、ふたたび避雷針を伝って逃げるしかないはずだから、降りてきたらつかまえればよい。ところが、家の中で何をしでかすかと思うと、居ても立ってもいられない。心配になって距離を詰めていった。避雷針を登るのは船乗りとしては造作もない。窓の高さまでは行ったのだが、その窓は左に遠くて、さすがに進めなくなった。なんとか室内をのぞけるように身を乗り出すのが精一杯である。ところが、のぞいてみたら恐怖のあまりに手を離して落ちそうになった。すさまじい悲鳴が夜のしじまを破ったのは、このときである。モルグ街の眠りをも破っていた。レスパネー夫人とその娘は寝巻姿で、どうやら金庫の書類を整理していたらしかった。車のついた金庫が部屋の中央に動かされたまま開いていて、そのあたりの床に書類が出ていた。被害者は二人とも窓を背にして坐っていたに違いない。獣が侵入してから悲鳴があがるまでに経過した時間を考えると、すぐには気づかなかったものと思われる。雨戸がばたついたのも、風のせいと解されたのだろう。船乗りが見ている間にも、大きな動物はレスパネー夫人の髪をつかんでいた。ほどいて梳《と》かしていた髪である。しかも床屋の真似でもするように、夫人の顔に向けて剃刀を振りまわしていた。もう娘は倒れて動かなかった。気絶したのだ。夫人は叫び、もがいた。その拍子に髪がむしり取られることにもなったのだが、もともと危害を意図したのではなかろうオランウータンが、騒がれて怒りを発した。ひとたび猿臂《えんぴ》に力を入れて引きまわせば、喉はざっくりと抉られた。血を見た猿が狂乱する。ぎりぎり歯嚙みして、目を爛々と輝かせ、娘の体に躍りかかって、その首に恐怖の爪をめり込ませた。握力は緩むことなく、娘は息絶えた。せわしなく動いた獣の視線が、ふとベッドの枕元へ行った。その向こうには飼い主の顔がある。戦慄した顔が、わずかに見えていた。野獣の心にも、おっかない鞭の記憶がとどまっていたのだろう。荒れ狂った怒りは、すぐさま恐怖心に転じた。叱られると思った猿は、血まみれの行為を隠したがったようである。あわてふためいて室内を飛びまわった。手当たり次第に調度品を投げては壊し、ベッドのマットレスを引きずり出した。そうこうして最後には、まず死んだ娘をつかんで煙突に押し込み、次いで母親を引っつかむなり窓から真っ逆さまに放り投げた。

大猿が惨殺死体を持って窓に近づいたので、船乗りは避雷針につかまって竦《すく》みあがり、もう降りるというよりは滑り落ちて、一目散に逃げ帰った。これだけ酷たらしい人殺しを見ては、あとのことを考えるだけでも空恐ろしくなり、オランウータンがどうなるかという心配はかなぐり捨ててしまった。邸内へ入った一行が階段で聞いた音声は、恐怖にひきつったフランス人の絶叫と、野獣の発する怪奇の言語が混ざり合ったものだった。

もはや語るべきことは少ない。オランウータンはドアが破られる直前に、やはり避雷針を伝って逃げたのだろう。抜け出た窓が閉まったのでもあろう。結局は持ち主自身に捕獲され、たいした値段がついてパリ植物園に引き取られた。デュパンと私が警視庁に赴き、デュパンの解説をまじえて事の次第を話したあとで、まもなくル・ボンは釈放された。総監はデュパンには好意を持っている人だったが、真相を聞かされると心外な表情を隠しきれず、ご自分のお仕事も大切に云々と皮肉めいたことを言いたがった。

「言わせておこうよ」あとになってデュパンは言った。「ああして弁じていれば気が休まるんだろう。僕は一向にかまわない。警察の牙城を崩したと思えば充分だ。しかし警察に謎解きができなかったのは、総監が思うほど不思議なことじゃないのさ。目端は利くが底が浅い。炯眼とまでは言えないね。知恵に生命の根がないと言おうか。首から上だけで胴体がない。女神ラヴェルナの絵のようだな。いや、せいぜい頭でっかちで先細りだから、鱈《たら》のような体型か。まあ、好人物ではある。つまらない話をさせたら一流なのだから楽しいね。おかげで知略があることになっている。ほら、『あるものを打ち消し、ないものを説き明かす』* というやつだよ」

* 〔原注〕ルソー『新エロイーズ』

解説

小川高義

ポーが残した八十ほどの短い散文作品から、ここでは八篇を選んで一冊の短篇集とした。もちろんポーは詩人でもあって、「大鴉」のように飛び抜けて有名なものもあるが、数の上では短篇のほうが多い。そのほか、長めの散文作品、文学論があるけれども、一般には、怪奇趣味、探偵趣味の短篇作家として知られているだろう。研究としてはいざ知らず、現代人が楽しめる読書の対象としては、アメリカ文学史に現れた第一号と言って、そう間違いはないはずだ。とりわけ短篇の世界においては、開祖とか家元とか名乗るだけの資格がある。なお、ポーの時代には、まだまだショートストーリーという言葉は使われていなかった。いま私が「短い散文作品」と言ったのは、「物語《テール》」が七篇、おまけとしてエッセー風の小品をつけて、合計八篇のつもりである。

ポーは自分がどういう書き方をするのか、はっきり表明した人だった。自作への解説や、同時代のホーソンに対する書評などの中で、さかんに創作法を論じている。一口に言えば、理詰めの芸術派なのだ。目標ははっきりしている。ある効果に的を絞って、読者の心を強烈に打つ。そうであれば作品として出来がよい。その効果が高いのは「恐怖」である。もし「美」を扱うなら、詩のほうが韻律があるだけ有利だから、散文では「恐怖」の効果を期待する。また、読みだしたら一回で読み切れる長さでなければ、効果は薄れる。

というわけで、いわば注文の多い作家と言えるかもしれない。あらかじめ計算したとおりに読まれたがっている。そんなタイプであるならば、推理小説の元祖と目されるようになったのも肯けることだろう。まず結論から構想し、そこまでたどり着くように仕組んで、読者をあっと言わせる。もちろん最後の謎解きには、読む側の解釈による自由はない。犯人は誰か。作者が指定した人物だ。ほかにはない。

ところが、謎解きをすれば恐怖は薄らぐとも言える。何らかの怪奇現象で恐怖を盛り上げても、じつは理屈で説明できるとわかれば、こわさはなくなる。ひたすら恐ろしい方向に進むか、それを解消する手際まで読ませるか、どちらの趣向もポーにはある。

ここでまた大事な点が浮かぶ。ある現象が恐ろしいかどうか気の持ちようで変わるのだとしたら、つまり幽霊が幽霊として見えるのか、あんなものは枯れ尾花だと言えるのか、もし恐怖がそのようなものであるならば、物語は人間の心の中にある。ポー自身の言葉を引くと、「私には恐怖を題材とする作が多いかもしれないが、その恐怖は魂に由来する」（短編集の序文から［1840］）。

幽霊が見えてしまうのは、心にやましいところがあるからだ、などと言ったらポーに嫌われるのはわかっている。教訓として読まれたい計算はなかろう。だが魂の恐怖と言うなら、良心、罪悪感、といった要因を無視するわけにはいくまい。とりついて離れないという意味では、幽霊も良心も似たようなものである。

本書では、まず訳者の好みによって「黒猫」を選び、そこから連想の働く作品をつなげていった。結果として、自己との葛藤、また何かを埋めるモチーフが目立っている。

「黒猫」（1843）　The Black Cat

ポーの作品中、日本では最も早くから訳された。これをポーの代表作として数えることに異論はなかろう。語り手の「私」は猫にまつわる怪異をどうにか説明したいようだが、結局果たせずにいる。猫が何をあらわすのか読者にはわかる。だが、わかったところで、すべて解き明かせたとも思えない。やはり不思議な猫だ。初代の猫がプルートーという名前で、これは冥界の王であるのだから、たしかに曰くありげであるけれども、どちらかというと名前のない二代目のほうが、より象徴性は高いだろう。黒いとはいえ、ぼんやりと胸に白い毛が広がって、だんだん明瞭な形をとっていく。

この二代目は、登場したときに一度だけheという代名詞で示されるが、そのあとは一貫してitに置き換えられる。このことも二代目の特殊性を印象づけるが、翻訳では書きにくい区別なので、ここでお断りをしておく。

もはや一匹の猫というだけではない。「私」が嫌えば嫌うほどに、猫は足元にからみつき、膝に飛び乗り、爪を立てて「私」の胸に迫る。そう、猫は「私」の良心の権化なのだ。「私」が冷徹に悪事を遂行する際に、猫を見失っているのは当然だろう。妻の死体を壁に塗り込めて隠すのは、良心までも埋めてしまうことだった。そんなことが可能なのかどうか、最後は見てのとおりである。

この最後の場面はすごい。音と映像が地下室に交響する。警官隊は一人一人がはっきりせず、わざと焦点をぼかしてある。妻の死体と、その上の猫は、太筆で塗りたくったように赤黒く、輪郭をはみ出すほどに強烈だ。殺したときには血の色について一言もなかったのに、ここで色彩が全開になる。音楽で言えば、思いきりクレシェンドをかけて、会場を鳴らしきったような終わり方か。

「本能 vs. 理性――黒い猫について」(１８４０) Instinct vs. Reason — A Black Cat

猫好きのポーが実際に飼っていた黒猫を観察する。ここで著者自身の言葉として、黒猫は魔女の化身だと述べているのが興味深い。短篇の「黒猫」では、語り手の妻がそのような考えを持っている。ただ、プルートーも、それに代わる二匹目も雄猫だが、ポーの飼い猫は雌だった(she と書いてあるから)。

「アモンティリャードの樽」(１８４６) The Cask of Amontillado

異国情緒の彩り豊かな佳品だろう。謎だらけでもある。まず「私」が復讐心を燃やした理由が定かではない。とにかく燃やしたのであって、そこから話は始まる。では舞台はどこなのか。ポー学者の中にはフランス説とイタリア説があるようだ。いいかげんな訳者としては、どちらでも構わないと思っている。何となくヨーロッパらしいが、どこでもよいどこか、どこでもないどこか、ということでいかがだろう。

それよりも気になるのは、冒頭で一度だけ誰かに呼びかけるように使われたYouである。従来の翻訳では、読者に向けたと解して「諸君」のような語を当てたものもあるが、いささか唐突で、承服しがたい。そこで冒頭と結末を対応させて、物語の枠組みをなすと考えた。つまり五十年前の殺人を隠していた老人が、ついに耐えきれず、死を目前にして聖職者に打ち明ける、という想定だ（この点ではトーマス・オリーヴ・アボット編の『ポー作品集』にある注解にヒントを得た）。五十年の時差を浮かばせたい訳者の都合で、原文にはない改行をして、日本語の文体を変えて、という操作をしている。それにしても最後の「安らかな眠りを」とは、誰が誰に言うのだろう。

なお、アモンティリャードはスペイン産のシェリー酒のこと。作中では通人気取りのおかしな議論がなされている。

「告げ口心臓」（1843） The Tell-Tale Heart

ここでは「邪悪な眼」という考え方が持ち出されるが、昔から広く伝わった迷信を利用しただけで、ポーの独創ではない。善意か悪意かを問わず、ただ視線を向けただけで、相手に凶事が起こるという特殊な眼の持ち主がいるらしい。

語り手は自分が正常だと言っている。そう言えば言うほど疑わしい。老人の「眼」から逃れたくて、殺してやろうと考えた。この二人はどんな関係なのだろう。同居する老人を監禁状態に置いているとしか思えない。訳者の心証では父親殺しの線が濃厚なのだが、そうではないという学者もいる。いずれにせよ死体を隠そうとして隠しきれない、ということは、いくらか正常だったのだろうか。

「邪鬼」（１８４５）The Imp of the Perverse

悪いと知っているから悪いことをするという、「黒猫」に出ていた「ひねくれ精神」に特化した作品。わかっちゃいるけどやめられない……。自分の損害を予想しながら止められないのだから、自己破壊の衝動なのである。

それにしても、前置きの長さと、本体の短さはどうなのか。おまけつき食品の「おもちゃ」と「菓子」のようなバランスだ。肝心の話が始まるまでに、これだけ読者を焦《じ》らし、訳者を悶えさすとは、それこそ天《あま》の邪鬼《じゃく》のなせるわざである。だが、よく言えば、初めに一般論をしてから話題を絞るという手順のおかげで、終わったときには強い印象が残るだろう。

「ウィリアム・ウィルソン」（1839）William Wilson

まずイギリスに舞台を置いて、それからヨーロッパ大陸へ移動する。同時代の作家には、どうしたらアメリカに文学が成立するかという、ある種のナショナリズムが見られたが、ポーはそんなことにはお構いなし。言葉の芸術として成り立てば、どこにでも平気で設定する。ただ、子供の頃、養父ジョン・アランに連れられてイギリスで過ごした時期があるから、イギリスの学校については直接の見聞があった。ポーが通った学校にも「ブランズビー校長」がいた。なお、主人公の誕生日がポーと同じになっている。

宿敵ウィルソンの正体は？　もう言うまでもあるまい。寓話《アレゴリー》は「効果の統一性」を損なうからけしからんと言うポーが、ほとんど寓話としか読めないものを書いている。黒猫よりも明らかに、ウィルソンは良心そのものだ。だからウィルソンを殺すことは、自己の半分を破壊することである。

その殺害場面について、念のため一言。このとき誰かが入ってきそうになる。いままでは、その誰かがドアの掛金に手を触れるように訳されていた。この新訳では掛金はドアの内側にあると解するので、その分だけ既訳とは筋の運びが異なる。二人で入った部屋のドアの外側に掛金があって、それが閉まっていたとしたら、いったい誰が閉めたのか。探偵デュパンでなくてもおかしいと気づくはずだ。

「早すぎた埋葬」（１８４４）The Premature Burial

猫の観察をしながら本能と理性の境界は曖昧でしかないと言ったポーが、ここでは生と死の境界もぼんやりした影のようなものだと言う。ポーに暗闇への恐怖心があったことは記録にも残っているようだが、この作品を読んだだけでも見当はつく。小話を連発するような書き出しから、やっと本題に入って、意外な落ちがつく。こんなに明るく健全に終わるのだから意外だ。わざと軽口をたたいていたいような気配なので、逆に底知れない恐怖があったのかと疑わせる。

ちなみに、埋められる際の恐怖として出てくる項目に、「暴虐な蛆虫」がある。原文では「征服者、蛆虫（the Conqueror Worm）」であって、この作品の前年に発表された詩のタイトルになっていた。さらにポーは本作の翌年、短篇「リジーア」(1838)を改訂する形で、この詩をそっくり挿入している。つまり作者のお気に入りだったと言えようが、これが生やさしい虫ではなく、人間の群れを血祭りに上げる怪獣で、モスラの幼虫を凶悪にしたようなものなのだ。人間の意志では「生きる」という選択肢を持てないと思わせる虫である。

「モルグ街の殺人」(1841) The Murders in the Rue Morgue
これぞ推理小説の元祖として世に名高い。一人称の語り手を脇役に配して、探偵と読者のつなぎ役にする手法も、ここに源流がある。あとでシャーロック・ホームズがワトソン博士との会話中に、デュパンとくらべられて対抗意識をむき出しにする(アーサー・コナン・ドイル「緋色の研究」[1887])。
デュパンが探偵役で登場する物語は三篇しかないが、その第一作たる「モルグ街」では、パリの架空の街に発生した無惨な殺人の謎が解かれていく。ここで「黒猫」の語り手が言うことを思い出すとよいだろう。「私が畏《おそ》れ入って語るだけの状況が、じつは原因と結果が連鎖しただけの当然だったと見破る」であろう「鋭利な知性の持ち主」がデュパンである。

いまは落ちぶれたが名門の流れを汲むとされていて、実際、警視総監にも顔パスがきいているが、むしろ話は逆か。デュパンが現場検証をするためには警察の許可が必要で、そのためにはお偉方を知っている必要があり、名家の末という設定になったのだろう。犯人像も同じことで、敏捷な運動能力、模倣する性質、凶器をつかむ手の力、おかしな音声を発する人間離れした存在、という条件との兼ね合いで決まっている。だが、たとえ人間離れしていても、なお自然界にとどまる存在でなければならない。デュパンは怪奇現象を認めない、という意味で、この作品は怪奇小説ではない。「まさか超自然の現象があるとは思うまい。母と娘が幽霊に殺されたわけではないからね」と言いきるだけの強い意志のある分析家なのだ。ゴーストバスターとでも言おうか。

その対極として、ここでは訳さなかったが「アッシャー家の崩壊」「赤死病の仮面」のような、ただ恐怖に押しまくられて、謎を解く手がかりすらない話もある。この両極端の中間で、分析を願いながら恐怖に屈したり、恐怖の出所が自己の内部だとわかったりする。恐怖と分析という目盛りの、どのあたりに針が振れるのか、というのもポーを読む一つの「指針」だろう。

訳者にとってポーは手応えのある仕事だった。書いてある言葉という限られた手がかりから、どれだけ現場の状況を再現できるか。翻訳は一種の探偵業なのだと痛感する。

エドガー・アラン・ポー年譜

一八〇九年

ボストンにて生まれる（一月一九日）。父デイヴィッド、母エリザベスともに旅回りの役者で、この時期にはボストンで出演中。兄ヘンリー（一八〇七生）がいる。

一八一〇年　**一歳**

妹ロザリー生まれる（一二月二〇日）。

一八一一年　**二歳**

母がリッチモンド（ヴァージニア州）にて死去（一二月八日）。このときまでには父が失踪している。エドガーは同地のタバコ商ジョン・アラン夫妻に引き取られ、事実上の養子となる。妹は他家に預けられ、兄はボルティモアの祖父母宅へ。

一八一五年　**六歳**

アラン家が商用でイギリスへ行く。スコットランド（アランの出身地）を訪れてから、ロンドンに居住。イギリス滞在をはさんだ時期に、いくつかの私学校で教育を受けているが、ロンドン郊外の「マナー・ハウス・スクール」は、「ウィリアム・ウィルソン」で描かれる学校のヒントになった。

一八二〇年　一一歳
リッチモンドへ帰る。

一八二三年　一四歳
級友の母親ジェーン・スタナードに惹かれる。ただしジェーンは翌年に死去。

一八二五年　一六歳
セアラ・エルマイラ・ロイスターと出会い、両家の反対を押して婚約。

一八二六年　一七歳
ヴァージニア大学に入学。アランからの仕送りが足りないと考え、賭博に手を出して二千ドルの損失を出す。この借金をめぐって養父アランと対立。ロイスター家の意向により、エルマイラは別人と婚約。

一八二七年　一八歳
大学を中退し、ボストンへ行って、「エドガー・A・ペリー」という変名で陸軍に入隊。第一詩集を出版。小冊子というべき匿名の印刷物だった。部隊の移動によって、サウスカロライナ（一一月）、ヴァージニア（翌年一二月）へ。

一八二九年　二〇歳
養母フランシス・アラン死去（二月二八日）。陸軍を除隊し、縁者を頼ってボルティモアへ行く。同地にて第二詩集を本名で出版。

一八三〇年　二一歳

ウェストポイント（ニューヨーク州）の陸軍士官学校に入る。養父アランは再婚し、ポーとは縁が切れる。

一八三一年　二二歳

士官学校を出たくなって、わざと怠慢な態度をとり、追放処分となる。ニューヨークにて第三詩集を出版。ボルティモアへ移り、祖母エリザベス・ケアンズ・ポー、叔母マリア・クレム、その娘ヴァージニア（八歳）と同居。兄ヘンリーは間もなく死去。「サタデー・クーリア」誌の懸賞小説に応募するが落選。しかし、これを契機に、翌年「メッツェンガーシュタイン」など五篇が同誌に掲載される。

一八三三年　二四歳

「サタデー・ビジター」誌の懸賞に応募して、「瓶の中の手記」が一等賞金（五〇ドル）を得る。このときの審査に加わっていたジョン・ペンドルトン・ケネディが、貧苦に喘ぐポーを支援する。

一八三四年　二五歳

養父アラン死去（三月）。ポーには遺産を分与せず。

一八三五年　二六歳

ケネディの推挙で、「サザン・リテラリー・メッセンジャー」（以下「メッセンジャー」）誌に寄稿を開始。祖母エリザベス死去（七月）。ポーはリッチモンドへ移る。同誌の編集に参加し、自作の詩や短篇を掲載。ただし創立者にして編集長トーマス・ウィリス・ホワイトは、ポーの飲酒癖と精神不安定を警戒している。十月、叔母のクレム夫人および従姉妹のヴァージニアも、ボルティモアからリッチモンドへ移って、ふたたび同居。一二月、「メッセンジャー」の編集長になる。

一八三六年　二七歳
五月、ヴァージニアと結婚。ポー二七歳、ヴァージニア一三歳。

一八三七年　二八歳
ホワイトと対立して「メッセンジャー」を去る。ニューヨークで職を求めるが失敗。

一八三八年　二九歳
フィラデルフィアへ移る。定職は見つからない。

一八三九年　三〇歳
ウィリアム・バートン主宰の「ジェントルメンズ・マガジン」に編集者として参加。同誌に「アッシャー家の崩壊」「ウィリアム・ウィルソン」など発表。

一八四〇年　三一歳
第一短篇集『グロテスクとアラベスクの物語』（全二冊）刊行。これまでに書いた二五篇を収める。文芸誌の発刊をめざすが実現せず。

一八四一年　三二歳

二月、「グレアムズ・マガジン」の編集に加わる。「モルグ街の殺人」を掲載(四月号)。

一八四二年　三三歳

一月、ピアノを弾いて歌っていたヴァージニアが血を吐く。以後五年間、衰弱して死に向かう病妻をかかえて、ポーの作品に死と狂気の影が濃さを増す。飲酒がやまない。五月、「グレアムズ・マガジン」の方針を嫌って辞職。

一八四三年　三四歳

文芸誌の立ち上げ、ワシントンで政府部内の仕事さがし、ともに失敗。六月、「ダラー・ニュースペーパー」の懸賞小説に応募し、「黄金虫」で賞金百ドルを獲得。おおいに文名を上げる。八月、「ユナイテッド・ステーツ・サタデー・ポスト」に「黒猫」を発表。一一月、アメリカ詩について講演。好評を博して、同様の催しが続く。

一八四四年　三五歳

ニューヨークへ移る。「イブニング・ミラー」の専属として執筆。

一八四五年　三六歳

一月、同紙に載った詩「大鴉」が評判となる。七月、一二篇を収めた『短篇集《テールズ》』が出版される。「ブロードウェー・ジャーナル」の編集に加わったあと、借金をして同誌を買い取る。旧作の改訂版、書き下ろしの評論などを発表する場とするが、まもなく資金繰りに詰まる。一一月、『大鴉その他詩集』刊行。

一八四六年　三七歳

一月、同誌廃刊。五月、ニューヨーク郊外のフォーダムへ移る。すでにヴァージニアの病状は悪化し、ポー自身も心身の衰弱を押して、「アモンティリャードの樽」「創作の哲理」など執筆。

一八四七年　三八歳

一月、ヴァージニアが結核で死去。

一八四八年　三九歳

散文詩『ユリーカ』刊行。自前の雑誌を持つ夢を捨てず、資金稼ぎのために講演・朗読を行う。年上の未亡人セアラ・ヘレン・ホイットマンに求愛し、いったんは婚約するが、夫人側から破棄される。

一八四九年　四〇歳

七月、講演のためリッチモンドへ行く。若き日の恋人で、未亡人になっていたエルマイラと再会して、婚約にいたる。八月、断酒の会に加わる。九月、リッチモンドを発って（二七日）、ボルティモアに着く（二八日）。地方選挙の投票所になっていた酒場の前で、ほとんど意識を失っているのを発見され（一〇月三日）、搬送先のワシントン大学病院で死去（七日午前五時）。享年四〇。

訳者あとがき——ポーとコーソン

　十九世紀のアメリカ小説をご存じの読者は、右の標題を見て「ポーとホーソン」の間違いではないかとお考えかもしれない。でも誤植ではない。「コーソン」である。ポーが作品を書いていたのは、日本式に言えば江戸時代の後期、ほぼ天保から弘化にかけての時期だった。ちょっとだけ嘉永にも及んでいる。「黒猫」は天保十四年（一八四三）八月、フィラデルフィアの週刊紙に載った。それから十年後、日本に黒船が来た。黒い船は来たが、黒い猫は来ない。ようやく来たのは明治二十年の十一月。二回に分けて読売新聞に掲載されたのが、ポーの作品としては本邦初のお目見えとなった「西洋怪談黒猫」である。ところがポーの名前はどこにもない。訳者名だけが記された。すなわち饗庭《あえば》篁村《こうそん》。

　明治の翻訳史において、とくに大きな役割を演じた人ではあるまい。それどころか語学はさっぱりできなかったらしい。安政二年（一八五五）、下谷に生まれた江戸っ子で、旧派の生き残りというべき文人だった。下谷は明治の東京で下谷区《したやく》になり、語学のできない篁村には下訳《したやく》の助手がいたと思われる。

篁村がポーを知った事情については、宮永孝『ポーと日本　その受容の歴史』（彩流社、二〇〇〇年）という労作から受け売りすることしか私にはできないが、ともかく明治十年前後から、きわめて限られた数の日本人がポーを英文で知るようになり、そうした中から高田早苗、坪内逍遙の二人が、物語の内容を篁村に語って聞かせたことが確かめられている。ただ、そのような大まかな口述だけではなくて、誰かが下訳として書いたものを準備し、それをもとにして篁村が自分の日本語で書き直した可能性が高いとも見られる。

従来、篁村訳の「黒猫」は、翻案にすぎないとも言われた。だが原文と突き合わせてみれば、意外に正確であることにびっくりする。英文和訳の採点をする学校の先生ならば、ずいぶん辛い点数をつけるだろうが、私自身は省略や加筆に対して呑気に構えるほうである。もちろん篁村ほどに勝手なことをする度胸はないけれど、程度の差というだけのことで、現代の翻訳者も多かれ少なかれ原文を変えているはずだ。

私の印象で言うと、さすがの篁村も物語の大筋はあまり変えていない。いわば木の幹が伸びる方向はそのままに、枝葉の繁らせ方、刈り込み方に、個性を発揮しているのではなかろうか。英語特有の、したがって日本語に訳しにくい箇所は、あっさりと切り落として、書きやすい形容句、比喩表現などは、たたみかけるように言葉を重ねている。見た目には漢字だらけの文章だが、語り口調のなめらかさは講談か落語のようである。

やや脱線した話として、じつはポーを訳しながら、話の運びが落語調だと思うこともあった。枕が長くて怪談物の得意な噺家とでも言おうか、まず一般論、抽象論として、世間の通例を話してから、ようやく本題に入っていく。この枕の部分が訳しにくい。篁村は「黒猫」の直後に「ルーモルグの人殺し」も発表しているのだが、ここではデュパンが登場するまでの部分を臆面もなく削除している。そうしたい誘惑に私もどれだけ駆られたことか。

構成として最も落語に近いのは「早すぎた埋葬」だと思う。関連した小話をいくつか披露してから、話の本体があって、ぐっと盛り上げたところで、すとんと落とす。ここまで落とさなくてもよかろうに、と私は思うのだが、落とさずにはいられないほどの恐怖をポー自身が抱えていたのかもしれない。

話を戻そう。篁村の翻訳は、案外おもしろい影響を残したようだ。前田富祺《とみよし》「〝黒猫〟の言語文化史」(『日本語史研究の課題』武蔵野書院、二〇〇一年)によると、古来、日本では黒猫は必ずしも不吉な存在ではなかった。むしろ病気を治す力があると見なされていた。そういう「見方を変えたものとして注目される」のが篁村の翻訳であるという。魔性の黒猫イメージを日本に持ち込んだのは篁村だったという指摘である。

このように評価されたら篁村のためには喜ばしい。だが、かえって疑問を誘うのでもある。はたして篁村は黒猫が魔物だというつもりで訳したのだろうか。そのつもりで「西洋怪談」という呼び方をしたのだろうか。ポーの語り手は、身の破滅を飲酒のせいだと考える。これほどの病はない、節制できない酒が魔物なのだ、というのが少なくとも本人の釈明である。その病弊が甚だしいから、良心の権化たる黒猫が介入したのではなかったか。怪奇な形象にとらわれて「猫＝魔物」の図式で訳してしまったとするならば、これは減点材料になるだろう。

明治二十六年、篁村の向こうを張って、より原文を尊重した「黒猫」が出た。訳者は内田魯庵。この人も下谷の生まれだが、下訳は使っていない。一人で読んで訳したという意味では、これが一匹目の猫である。篁村では「私」だった語り手が、魯庵では「余」になって、まるで漢文を読み下したようなリズム感で書いている。誤訳がないわけではないが、篁村にくらべれば、まずまず原文に寄り添ったものだ。語り手の心理に関する部分も、きっちり省略せずに訳している。また文体が重々しいせいもあって、篁村訳よりは恐怖が内面化して感じられる。ほぼ独学だったという魯庵の英語は、相当のレベルにあったのだろう。いや、慶応が明治になる直前に生まれたのだから、訳した当時は二十代半ばではないか。これはすごい。

この魯庵はもちろん、篁村の下訳者にしても、かなりの読解力があったことは間違いない。どんな辞書を使ったのだろう。ろくな資料もない時代に、よくぞここまで、と思っただけで、もう私には明治人の誤訳をあげつらう気持ちはなくなる。この人たちの系譜に連なる仕事を自分でもしたのか、今度の猫は二十一世紀の一匹目ではないのか、と思うと泣きたくなるほどうれしい。にゃーお。

kobunsha classics
光文社古典新訳文庫

黒猫《くろねこ》／モルグ街《がい》の殺人《さつじん》

著者　ポー
訳者　小川《おがわ》 高義《たかよし》

2006年10月20日　初版第1刷発行
2022年3月30日　第8刷発行

発行者　田邉浩司
印刷　堀内印刷
製本　ナショナル製本

発行所　株式会社光文社
〒112-8011東京都文京区音羽1-16-6
電話　03（5395）8162（編集部）
03（5395）8116（書籍販売部）
03（5395）8125（業務部）
www.kobunsha.com

ISBN978-4-334-75110-4 Printed in Japan

いま、息をしている言葉で、もういちど古典を

長い年月をかけて世界中で読み継がれてきたのが古典です。奥の深い味わいある作品ばかりがそろっており、この「古典の森」に分け入ることは人生のもっとも大きな喜びであることに異論のある人はいないはずです。しかしながら、こんなに豊饒で魅力に満ちた古典を、なぜわたしたちはこれほどまで疎んじてきたのでしょうか。

ひとつには古臭い教養主義からの逃走だったのかもしれません。真面目に文学や思想を論じることは、ある種の権威化であるという思いから、その呪縛から逃れるために、教養そのものを否定しすぎてしまったのではないでしょうか。

いま、時代は大きな転換期を迎えています。まれに見るスピードで歴史が動いていくのを多くの人々が実感していると思います。

こんな時わたしたちを支え、導いてくれるものが古典なのです。「いま、息をしている言葉で」——光文社の古典新訳文庫は、さまよえる現代人の心の奥底まで届くような言葉で、古典を現代に蘇らせることを意図して創刊されました。気取らず、自由に、心の赴くままに、気軽に手に取って楽しめる古典作品を、新訳という光のもとに読者に届けていくこと。それがこの文庫の使命だとわたしたちは考えています。

このシリーズについてのご意見、ご感想、ご要望をハガキ、手紙、メール等で翻訳編集部までお寄せください。今後の企画の参考にさせていただきます。

メール　info@kotensinyaku.jp

光文社古典新訳文庫　好評既刊

アッシャー家の崩壊／黄金虫
ポー
小川 高義 訳
ゴシックホラーの傑作から暗号解読ミステリーまで、めくるめくポーの世界。表題作ほか「ライジーア」「ヴァルデマー氏の死の真相」「盗まれた手紙」など短篇7篇と詩2篇を収録！

グレート・ギャッツビー
フィッツジェラルド
小川 高義 訳
いまや大金持ちのギャッツビーが富を築き上げてきたのは、かつての恋人を取り戻すためだった。だがその一途な愛は、やがて悲劇を招く。リアルな人物造形を可能にした新訳。

若者はみな悲しい
フィッツジェラルド
小川 高義 訳
アメリカが最も輝いていた一九二〇年代を代表する作家が、若者と、かつて若者だった大人たちのリアルな姿をクールに皮肉を交えて描きだす、珠玉の自選短編集。本邦初訳多数。

老人と海
ヘミングウェイ
小川 高義 訳
独りで舟を出し、海に釣り糸を垂らす老サンチャゴ。巨大なカジキが食らいつき、壮絶な戦いが始まる……決意に満ちた男の力強い姿と哀愁を描くヘミングウェイの最高傑作。

緋文字
ホーソーン
小川 高義 訳
17世紀ニューイングランド、姦通の罪で刑台に立つ女の胸には赤い「A」の文字。子供の父親の名を明かさない女を若き教区牧師と謎の医師が見守っていた。アメリカ文学の最高傑作。